누구나 마음속에 흐르는 강이 있어

# 누구나 마음속에 흐르는 강이 있어

초판 인쇄 ｜ 2023년 10월 5일
초판 발행 ｜ 2023년 10월 9일

지은이 ｜ 윤희순
펴낸이 ｜ 신중현
펴낸곳 ｜ 도서출판학이사

출판등록 : 제25100-2005-28호
주소 : 대구광역시 달서구 문화회관11안길 22-1(장동)
전화 : (053) 554~3431, 3432
팩스 : (053) 554~3433
홈페이지 : http:// www.학이사.kr
전자우편 : hes3431@naver.com

ISBN _ 979-11-5854-442-3  03810

# 누구나 마음속에 흐르는 강이 있어

윤희순 수필집

學而思|학이사

"누구나 마음속에는 흐르는 강이 있어/ 흘려도 남아 있는 눈물은 가두지 않는 이야기가 되어/ 바람의 어깨를 빌려 시간 따라/ 흘러가고자 합니다."

뒤안길을 돌아보면 스치는 일들이 많습니다. 견뎌온 삶에 대해 진솔하게 나누다 보면 희비가 엇갈리지요. 누군가와 함께 회심에 젖어 울고 웃으며 공감할 때 가치를 판단하게 되고요. 사계절에 따라 입는 옷이 다르듯 산과 들에도 색색의 변화가 무궁합니다. 상황마다 아우르는 공기가 다르고, 온도 차이에 따라 심기가 끓어오르기도 합니다. 부글부글 넘쳐 울분이 되새겨지면 가감 없이 허망함이 밀려오기도 합니다.

비슷한 풍경도 가끔 시선을 바꾸면 분명 다르게 보입니다. 변하든지 변하지 않든지 갈등은 일고 심오한 무게가 다르겠지요. 그것이 마음이라 생각합니다. 마음으로 깨달아 행복을 느끼는 무게는 스스로 만드는 것입니다. 인생에도 끝이 있고 결과가 있다고 생각하기 때문입니다. 그러기에 보여주지 않고 보이기, 말해주지 않고 말하기, 그려주지 않고 그리는 모순적인 형상을 쫓아온 것 같습니다. 장면 하나로는 불가능한 서사가 있는 삶, 종내는 그렇게 살고자 한 것 같습니다.

앞으로도 제가 다짐할 수 있는 일 중에 가장 쉬운 것은 모든 것에 감사한 마음으로 살아가는 것입니다. 지난 삶에 대해 보상받는 방법이기도 하니까요. 걸어온 길이 아쉬움은 있어도 부끄럽지 않다면 잘 걸어온 것이겠지요. 그래서 더욱 안전하게 잘 걸어가려 합니다. 마음속에 흐르는 강이 있기 때문입니다.

"생각할수록 감사해서요"

2023년 가을에
감사한 마음 가득 담아 윤희순

■ 차례

제2부 **흙길을 돌고 돌아서**

제3부 **푸른빛이 나는 속**

**1부**

담장에서 그림자를 만나다

# 바람꽃

바람이 일어나려고 먼 산에 구름같이 뽀얀 기운이 몰려온다. 큰 바람이 일어날 것 같은 바람꽃 현상이다. 바람꽃이 산사의 밤을 한층 더 무겁게 한다. 간간이 잠꼬대하듯 뒤척이는 나무의 움직임 따라 처마 밑 풍경 소리만 침묵을 깨운다. 객이 주인이 된 산사에서 오늘 밤은 한 이불을 덮고 어머니와 안온하게 누웠다. 사람이 떠나갈 때는 태어날 때를 기억하는지, 마주 보고 누운 어머니는 태동하는 태아의 모습처럼 몸을 동그랗게 말고 있다.

아기를 어루만지듯 어머니의 머리를 쓸어 넘기면서 얼굴을 찬찬히 더듬는다. 내 양손에 어머니의 뺨을 적셔 본다. 노루잠 속에서 딸이 어루만지는 손에 얼굴을 맡기고 때때로 소리 없이 웃으며 눈만 깜빡인다. 엄마의 눈빛에는 젖먹이의 청정함이 배어 있다. 살아오는 동안 이렇듯 내게 몸을 내맡긴 일이 처음이라 손끝 감촉에 놀라지는 않을까 조심스럽다. 여러 갈래로 번져 있는 주름 길을 짚어가자니 어머니와 함께했던 시간이 용용히 떠오른다.

막내딸로 자라면서 형제들보다 많은 시간을 함께한 내게 어머니는 언제나 울창한 숲으로만 느껴졌다. 몸소 나서는 부지런한 어머니의 행동이 기억났다. 지닌 재주가 많으나 냉철하지 못한 아버지는 가족을 이끌어 가는 힘이 나약했다. 아버지로 인해 웃는 모습을 본 적이 없는 어머니였지만, 그 나약한 자리까지 숲으로 채우셨다.

내가 결혼하기 전 어머니는 유조선 청소를 하셨다. 원유를 실으러 태평양을 지나다니는 배가 항구에 정착하면 탱크 청소를 한다. 어머니는 위험한 원유 탱크 청소 작업을 수입이 많다는 이유로 하셨다. 보름씩 바다 한가운데서 울렁이는 뱃멀미를 참아가며 일하고 오신 날은 기름독 때문인지 안색이 누렇게 변해 있었다.

일에 지쳐 파김치가 된 몸으로도 딸과 이야기하는 즐거움에 단번에 달려오셨다. 기름 냄새가 풍기는 몸과 옷을 씻을 동안도 참지 못하고 시간이 시간을 낚듯 마주 보며 이야기를 했다. 들리는 것은 들리지 않는 곳에 닿아 있는지, 우리의 이야기는 밤이 하얗게 사윌 때까지 이어졌다. 결혼하지 않은 딸과 노을빛으로 물들어가는 어머니의 삶이 어찌 같았겠나. 별다른 해명은 필요치 않았고 모녀의 애틋한 감정이 서로 통했다.

바람 잘 날 없는 어머니의 숲에서 나는 이리저리 달구질하며 그림자를 밟아 왔다. 그 시간이 무던히도 안전하였던지 어머니가 서쪽 끝에 머물고서야 내가 한없이 의존했던 딸이었음을 새삼 깨닫는다.

아버지의 잦은 사업 부도로 인해 그 뒷감당을 해야만 했던 어머니의 끊이지 않았던 한숨 소리를 기억한다. 부도 사태가 터지고 난 후 집 곳곳에 빨간딱지가 붙어 있던 모습에 소리 없이 눈물 훔치던 어머니의 모습도 기억한다. 어떤 위로도 되지 못한 나는 그저 어머니가 계시는 것만으로 마음 안의 바람을 잡고 위로받았다. 그 틈에도 나만 힘들다고 투정했던 기억이 떠올라 손바닥에 감싸진 어머니의 뺨을 한 번 더 어르며 미안함을 숨긴다.

징검다리처럼 이어지는 대화 속에서 그때의 기억이 살아났을까, 간간이 배시시 웃으신다. 떡심이 풀려있는 엄마의 웃음은 해맑은 아이의 그것과 닮았다. 이리 병색이 짙어가는 어머니와 함께 누워보니 나약함과 강함의 차이는 일순간이라는 생각이 스친다. 뜻이 굳고 하는 일이 야무진 모습들이 지금은 길목에 서서 바람을 만나려고 기다리는 장맞이 같아 저린 가슴이 또 저리다.

몸을 당겨 가만히 어머니를 끌어안아 본다. 잠이 든 것 같더니 또 살며시 눈을 뜬다. 당신의 눈앞에 딸이 누워있는 것이 믿기지 않는지 물기 마른 손으로 내 머리를 힘주어 쓸어내린다. 이번에는 내가 어머니께 몸을 맡기고 있다. 머리를 만지던 손이 얼굴을 더듬는다. 마치 딸의 모습을 온전히 기억 속에 접어 넣을 것처럼 섬세하다. 힘이 빠져나가는 어머니 손끝이 스칠 때마다 목울대가 뻣뻣해짐을 느낀다.

아기가 배고픔을 달래듯 오물거리는 어머니의 입, 그 속에서 달그락 달그락 잇몸에 맞지 않는 틀니 노는 소리가 부조화다. 눈가 주변에서부터 제멋대로 퍼져있는 주름 길 사이로 야금야금 자리한 검버섯이 설핏 낯설게 느껴진다. 호흡 고르기도 힘겨운지 간간이 쇳소리 같은 숨이 쌕쌕 찬 바람처럼 들린다. 사람이 숨을 들이쉬고 내쉬는 것이 이리도 힘들었던가, 나의 호흡도 깊게 들이쉬고 길게 내뱉어 본다.

"숨만 가쁘지 않으면 살겠는데…"

석불 같았던 어머니가 여백이 보이는 흐린 말을 날숨과 함께 흘린다. 가슴이 먹먹해진다. 나는 그것을 채워드릴 적당한 말을 찾지 못한다. 나을 수 없는 병이라고 말씀드려야 하지만 그럴 수가 없다. 그저 지금처럼 고통만 느끼지 않은 채 어머니 생에 웃음 주었던 쪽빛만 기억하시길 바랄 뿐이다. 세찬 바람이 바위를 치고 지나간 것 같은 싸한 침묵이 잠시 방 안을 감돈다.

"오늘 자고 나면 또 언제 올래?"

침묵을 감지하셨는지 다시 또 올 것을 물으신다. 만날 때마다 하시는 말이 여느 때와 달리 허망하게 귓전을 울린다. 자식에 대한 어머니의 그리움은 바닥이 보이지 않는 우물 같은 것인지, 이리도 아슬아슬한 고비 길에서도 생각나는 것이 자식뿐인지, 힘이 들어간 목을 짓누르며 침을 삼킨다.

나는 오래 기억되는 밤이 될 것 같아 잠을 청하지 못하고 있다. 하룻밤의 만리장성이라도 쌓을 요량으로 어머니의 얼굴 어느 한구석도 놓치지 않고 눈에 담고 있다. 얼음장 같은 어머니 손을 이불 속에서 갈무리하듯 비빈다. 나에게 있는 온기를 모두 전할 수만 있다면 무슨 바람이 필요할까.

큰 바람이 일 것 같았던 산중은 깊어가는 어둠에 밀려 구름이 잠시 머뭇거린다. 주변이 고요하다. 별의 그림자를 보았는지 구순하던 진순이가 한밤을 조각내듯 컹컹대고 있다. 병세가 더해가지만, 뒷귀는 더욱 선명해지는 어머니다. 자신의 안위를 간구할 수도 있으련만 그저 피붙이 걱정에 들이고 내쉬는 숨이 더 거칠어진다. 불규칙적으로 거칠게 숨 고르기 하시는 어머니를 보고 있자니 오금이 저린다.

나무가 사락거린다. 바람의 뒷모습 따라 어두운 계절이 다가오는 소리가 들리는 것 같다. 어머니의 기억 속에 저장되어 있던 삶의 숱한 일면들이 체온이 식어가듯 지저깨비처럼 흩어질

테지. 바람을 가르며 살아온 날은 저만치 내려놓고, 누군가의 손짓에 한 발씩 조심스럽게 내딛는 어머니를 보면서 어디에 마음을 쏟아야 할지 모르겠다. 이제 어머니는 바람꽃의 형상으로 하루하루를 큰 바람을 일으키기 전의 뽀얀 구름으로 머물고 계신다. 그런 바람꽃을 바라보는 나는 내내 눈물겹다.

이 세상 가장 소중하고 가치가 있는 것은 눈으로 볼 수 없고 돈으로도 살 수 없다는 말이 떠오른다. 어머니가 남겨주신 보이지 않는 유산은 딸을 공기처럼 사랑하셨듯이 나도 내 딸에게 물림하는 것이다. 해가 진다고 해서 시간이 멈추지 않는 것처럼 어머니가 계시지 않아도 시간은 흐를 것이다. 끝에 이르렀을 때 홀로 걸어온 길이 아니었음을 아실 것이다. 시간이 흐르고 한 살씩 세월을 더해갈수록 어머니가 나에게 하셨던 행동을 오롯이 내 딸에게 하며 살아갈 것이다. 그것만이 진정 어머니의 사랑을 이어가는 길이라 여기기 때문에.


엄마

"엄마!"
부르면 대답해 주는 당신이 있어
마음에 물안개 피어오르는 날

나직이 불러 봅니다.

늘 만나는 산길에서

느닷없이 뻐꾹새가 울어대는 날이면

솔바람 불어 모으듯

조용히 당신을 불러 봅니다.

깊은 우물 들여다보듯

살아가라고 하셨지만

얕은 물에서 허우적거리다

물을 흐릴 때가 있습니다.

바람이 고개를 쳐들고

일상을 침범해 오는 날

바람 곁에서도 꽃을 피우는

나무를 바라보며

다시 당신의 숨결을 느낍니다.

"엄마!"

## 담장에서 그림자를 만나다

　　　　　강을 품었다. 흐르는 강물을 품은 산 그림자
는 잔잔하다.

　대니산이 어진 아비의 시선으로 내려다보고 있던 서원은 낮
잠을 자는 듯 평온하다. 아늑한 정취는 온유함까지 보태고 있
다. 침잠된 분위기 전체를 에워싸는 담장은 하늘의 짙은 햇살
때문인지 더욱 진중하게 보여 곳곳에서 탐독하는 선비들의 낮
은 숨소리가 들리는 듯하다.

　온전한 이로움을 받은 대구 달성군 구지면, 이곳에 나는 청
빈의 학자가 된 듯 서 있다. 도동서원 앞 잔잔히 흐르는 낙동강
에서 불어오는 바람결을 느낀다. 윤리적인 말과 행동으로 학문
과 정치에 뜻을 세우며 비장한 논의를 토로했을 선비들의 모습
을 그려본다. 정제된 자세로 갓을 쓰고 있는 모습은 절도와 근

엄함에 바람조차 비켜 간다. 선비들이 학문을 탐독할 수 있는 곳이 서원이라면 그곳을 아늑하게 감싸주는 것이 담장의 역할이다.

이곳에서 불현듯 아버지의 숨결을 느낀다. 유야무야 생활하시면서 권위를 지키셨던 아버지가 요란하지 않으면서 분연한 담장의 화합을 연결해 주는 수막새와 흡사하다는 생각이 든다. 아버지의 차림새는 언제나 정갈하셨다. 비록 낡은 옷일지라도 수평의 자국이 선명하도록 힘주어 다려서 입고 다니셨다. 흐트러지지 않는 위엄을 더 신중히 여기셨다. 속내는 타들어 갔어도 겉으로는 내색하지 않으셨기에 얼마큼의 재가 쌓이는지 짐작할 수가 없었다.

중학교 다니던 어느 날 불현듯 학교로 아버지가 찾아오셨다. 보통은 학교로 부모님이 찾아오실 때는 선생님과 상담할 때이거나 인사를 드릴 때이다. 그때 아버지는 순탄치 못했던 사업으로 집을 떠나 방랑 생활을 하고 있었다. 수업 시간에 교실 창문을 기웃거리는 아버지를 먼저 발견한 나는 선생님께 고하고 교실 밖으로 나왔다. 워낙 정갈하셨던 분이라 차림새는 흐트러지지 않았지만 바라보는 친구들의 호기심 어린 시선이 따가웠다.

그때 아버지는 일상에서 필요한 몇 푼이라도 절실했다. 얼마 지니지 않았던 동전을 털어 드릴 때 마다치 않고 손에 움켜쥐는 아버지의 떨림을 느꼈다. 얼마나 상황이 고단했으면 학교까지 찾아왔을까. 점심 전이라 아직 비워내지 않은 도시락을 챙겨 드릴걸, 후회는 아버지의 처진 어깨가 멀어지고 나서야 생각하게 되었다.

물질적 여유를 주지 못한 탓이었을까, 종종 약을 드시면서도 어디가 아파서 먹는다는 말 한마디 하지 않으셨다. 한 번도 고성을 지르는 아버지를 본 기억이 없어 지금도 목소리는 선명하게 기억되지 않는다. 말수가 적으면서 크게 웃지도 않으셨던 아버지를 그때는 온전히 이해하지 못했다.

앞장서 소리 내지 않으셨지만, 길섶에서 나직이 필요한 말씀만 하셨던 아버지다. 주머니가 넉넉하지 않았던 아버지의 청빈함이 가족을 힘들게 하였다. 지향하는 꿈은 원대한데 함께할 동행자가 없었기에 삶이 외로우셨다. 지닌 학식을 풀어내지 못하고 살아오셨던 아버지를 지금이라도 이해하게 되는 것은 미약한 듯 보이나 가족의 화합을 위해 지탱했을 숙지의 힘을 느꼈기 때문이다.

크게 소리 내지 않으셨고 권위를 내세우지 않았으나 정세의 어긋남에 대해서 유학자처럼 심오하셨던 아버지의 진중한 모습이 살아난다. 재능이 참으로 많으셨지만, 시대를 너무 앞선 탓에 발휘를 못 한 것이 못내 아쉬운 아버지다. 살아가면서 문득 나의 사소한 재능이 발견될 때 드러내지 않으셨던 아버지의 유산을 챙기는 것 같아 감사한 생각이 든다.

서원 담장 주변을 감싸고 있는 낮은 그림자의 기운이 설핏 아버지를 느끼게 한다. 서원이 더욱 아늑하고 평화로워 보이는 것은 담장의 역할이다. 크고 작은 돌과 거기에 새겨진 별 모양의 무늬가 담장에 무게를 실었다. 낮아 보이지만 견고하여 선비들이 서원에서 온전히 학문을 익힐 수 있게 중심축을 보조해 주고 있다. 그 힘을 완연히 실은 수막새가 떠받치고 있는 듯하다. 이곳에 서니 마음이 한곳으로 치우쳐 무너지지 않고 다치지 않도록 자꾸 들여다보고 비워내고 다듬어야 할 것 같은 경건함이 밀려온다.

어려운 상황을 회피하고자 방랑 생활을 하셨던 아버지가 그때는 부끄러웠다. 학교를 찾아와 힘없는 모습을 보여 준 아버지가 미웠다. 어느덧 굽이굽이 흐르는 강물처럼 세월이 흔들리며 석양을 등지고 서 있다. 지금은 저 담장 주변으로 등짐을 지고 걷는 아버지의 모습을 본다. 환영이 되어 흐려지는 그림자를 살며시 잡고 애써 전하고 싶은 말이 있다. 한발 물러서서 판단하셨기에 세상에 공평한 것을 배웠고 남에게 상처 내는 삶을 살지 않으셨기에 겸허함을 배우며 살아가고 있다고, 그것이 아버지의 낮은 가르침이었다. 진중한 저 담장의 수막새 같은 삶을 아버지는 진즉에 살아오셨다.

강물은 제 몸을 흘리며 길을 만들어 소리 없이 고요하다. 나무는 열매를 익힐수록 더 성숙해진다. 버리는 것은 더 크게 사는 것이라고 누군가 말하는 것 같다. 버리고 싶은 번뇌 무소유의 삶이 쉽진 않지만 진정한 자유는 거기에 담겨있다는 것을 미처 알지 못했다. 마음을 추스르고 매무새를 다듬는다.

담장 주변의 풀들은 가만히 들여다보면 막 엉켜 있는 것 같아도 모두 독립된 몸뚱이로 제자리를 지키고 있다. 엉켜 있어도 서로 헤치질 않고 빼앗지 않아 그저 제 몫의 삶을 순리대로 살아가는 것이다. 아버지는 가족에게 풍족하고 평안한 삶을 챙겨주시지는 못했어도 바람이 쉬었다 지날 수 있는 수막새 역할은 하셨다. 남을 해할 줄 모르는 어진 성품으로 독립성을 가지며 살아갈 줄 아는 의지력을 키워주셨다. 지금 나의 삶을 면면히 훑어보노라니 수막새 같은 아버지의 그늘을 밟고 이어온 것이라 여긴다.

서원 앞 은행나무 그림자가 낮은 바람에 흔들린다. 어슴푸레 시대를 거스르며 다가서는 아버지를 발견한다. 희미해진 아버지의 그림자 속에 작은 얼굴 전체를 가린, 불끈 동여맨 낡은 갓이 잔바람에 흔들리고 있다. 시대에 맞추어 태어나셨더라면 재능이 빛을 발하셨을 텐데, 그저 아쉬움이 서원 담장에 턱 걸려 그림자처럼 한참이나 떠나지를 않는다. 흙 사이에 끼여서도 활짝 인상을 펴고 있는 수막새가 빛나고 서원은 고요하게 제자리에서 숨 쉬고 있다.

# 녹아든 세월

"싱싱한 자연산입니다!"

미꾸라지가 발버둥 쳤다. 밀짚모자를 쓴 아저씨가 좁은 통 안에서 수많은 미꾸라지가 발버둥 치는 모습을 보여 주며 사가라고 외쳤다. 논에서 잡아 온 자연산이라는 것을 강조하는 아저씨는 싱싱한 미꾸라지를 누군가 빨리 사주기를 바라는 눈치였다. 그것을 알아챈 나는 이 도심에서 구하기 어려운 것을 만난 반가움에 다가가서 가격을 흥정했다. 아저씨는 시커먼 봉지에 미꾸라지를 우르르 쏟아부었다. 달아나지 못하게 두 겹의 봉지에 몇 번을 묶어서 자연산인 것을 다시 한번 더 강조하고 건네주었다.

시장에서 갖은 재료를 다 챙기고 집으로 와 먼저 해야 할 일이 미꾸라지 기절시키기이다. 민물에 사는 저 생명을 소금을 듬뿍 부어 절여서 움직임을 멈추게 하는 순간은 내가 죄를 짓는 것 같다. 어차피 내 입에는 한 숟가락도 들여 넣지 못할 거면서 이렇게 전투 같은 요리를 해야 하는 연유는 남편의 식성을 맞추기 위해서다.

남편은 어떤 요리든지 은근히 끓여낸 깊은 맛을 선호한다. 미꾸라지를 푹 삶아서 부드러운 살만 체에 걸러내야 하고 배춧잎을 삶아서 찬물에 풋물을 내야 하는 등 잔손질이 여간 많은 것이 추어탕이다. 남편은 국 하나도 그렇지만, 밑반찬도 고추장이나 된장에 재워 푹 삭혀 감칠맛이 밴 깊은 맛에 손이 잘 간다. 그래서 철철이 계절 식품을 이용해 각종 장아찌를 만든다.

이런 음식을 좋아하는 남편과 내가 잘 먹는 음식은 손바닥과 손등처럼 판이하다. 나는 달이고 삭히는 음식을 만드는 것은 잘하지만 그것에 대한 민감한 맛의 반응은 없어 자주 먹지는 않는다. 좋아하지도 잘 먹지도 않는 음식을 땀을 뻘뻘 흘려가며 만들고 있는 것은 챙겨야 하는 아내의 의무감일 수도 있다. 그저 금방 먹어 치우는 간편 요리, 빵 한 조각에 커피 한 잔만 있어도 내 식탁은 만찬이 될 때가 많다. 그렇게 준비하기가 쉽고 짧은 시간이면 먹을 수 있는 음식은 깊은 맛은 없는 편이라 내 입맛의 깊이가 약할지도 모르겠다.

그런 면에서 깊이가 있는 남편은 한 가지 음식이 입맛에 맞으면 싫증이 날 때까지 먹는다. 이 추어탕도 미꾸라지의 양에 어울리게 채소를 넣어 끓이다 보니 혼자 먹기에는 많은 양이다.

어느새 손 재량도 커져서 한 번 하는 음식의 양은 항시 기준을 넘기고 만다. 아마 남편은 싫다 소리 하지 않고 아침저녁으로 청양고추와 제피 가루를 첨가해 후루룩 맛있게 비워낼 것이 분명하다.

식성에서도 사람의 성격을 가늠할 수 있는 것인지 깊이가 있는 음식을 좋아하는 남편은 크게 변함이 없는 성품이다. 지난 시절 나와 만남에서도 일부러 꾸미거나 잘 보이려 애쓰지 않았다. 구두를 신고 만난 기억이 한 번도 없고 양복 입은 모습도 본 적이 없었다. 꽃다발 한 번 건네주지 않았던 무뚝뚝한 언행이 어떤 믿음이 있었는지 한집에서 사는 부부가 되고 말았다.

나는 새로운 음식에는 구미를 느끼는 편이다. 한 번 만들었던 음식은 다음에 똑같이 만드는 것보다 조금은 다르게 만들고 싶어 한다. 그래서 김치든 찌개든 만들 때마다 맛이 다르다는 핀잔을 듣기도 한다. 반복되는 것과 지루한 것을 싫어한다. 한 번 음식 맛을 느껴 본 음식점보다는 메뉴를 바꿔서 가지 않은 음식점을 찾게 되는 취향이 있다. 마땅한 돈을 내면서 같은 음식을 왜 먹을까 하는 생각이 먼저 들어서이다. 어쩌면 지나간 것을 쉽게 잊어버리는 허술한 기억력도 이 때문인가 생각된다.

국수를 삶아 먹을 때도 그렇다. 남편의 입맛은 푹 삶은 국수를 밀가루 냄새가 완전히 빠져나갈 때까지 여러 번을 씻어야 한다. 거기다 집에서 담근 고추장을 한 숟가락 퍼 넣고 열무김치와 참기름 한 숟가락이면 비빔국수의 양념으로 끝이다. 그렇게 깔끔하게 먹어야 제맛이라며 오랫동안 바뀌지 않고 한 가지 맛을 고수하고 있다. 나는 변화 있게 먹는 것을 좋아해서 비빔국수를 만들어 먹을 때마다 얹어 먹는 고명이 달라진다. 김 가루를 수북이 얹을 때도 있고 생채 나물을 섞어 먹을 때도 있다. 이처럼 자주 바뀌는 재료 때문에 오래 기억하는 깊은 맛을 못 느끼는 것인가 보다.

긴 시간이 지나고 집 안 가득 미꾸라지와 채소가 품어 낸 특유의 추어탕 냄새가 번지면서 한 솥의 국이 완성됐다. 따로 뚝배기에 수북이 퍼 담아 다진 청양고추와 제피 가루를 고명으로 얹어서 남편 앞에 건네주면 막걸리 한 잔과 함께 후루룩 맛있게 비워낸다. 이렇게 제법 남편의 식성을 맞추기까지 고비를 넘어온 길이 험악하다. 조리고 볶는 것을 좋아하는 나의 식성으로 푹 끓이고 오랜 시간 삭히는 것을 만들어 남편의 입맛에 들기 위해 애를 많이 썼다.

이제 내가 만든 음식을 먹는 남편의 모습은 편안하다. 오랜 세월 맞추어 주려고 애쓴 노력이 맛으로 느껴지는 것인지, 가끔 눈대중이 다를 때도 있지만 적응을 하는 모양이다. 애초에는 남편의 식성을 맞추기가 어려워 불평도 많이 했다. 시골에서 나고 자라 전통적인 자연 음식에 맛이 밴 남편의 식성과 도시에서만 자라 별다른 전통 음식을 알지 못했던 나와는 상반될 수밖에 없었다.

　남편은 본인과 전혀 다른 음식을 먹는 내가 이해되지 않았을 것이다. 추어탕이 차려진 밥상 앞에 빵과 커피를 놓고 마주한 모습을 이해하는 데 쉽지 않았을 것이다. 그 무엇이 다를까? 종이에 습기가 서서히 배어들듯이 내가 젖어 드는 동안 남편도 젖어 들었는지 이젠 서로의 음식을 챙긴다. 서로 엉킨 실타래는 노력을 곁들인 시간이 흐르면서 풀어지는가 보다. 사사로운 것을 녹아 흐르게 하는 것 또한, 세월이고 가시버시로 살아온 묵은 정인가 한다.

# 이끼

　　비가 그쳤다. 창문에 남아 있는 빗물이 동글동글 모였다. 빗물은 하고 싶은 이야기가 있는 듯 머뭇거리다 만들어져 있는 물길 따라 흐른다. 며칠 전부터 기와 화분을 얻어 놓고 이끼를 옮겨 심으려고 벼르고 있었다. 빗물을 받아먹은 이끼는 따로 물을 안 줘도 된다는 생각에 현관을 나섰다. 땅까지 내려앉은 안개가 습기를 끌어당겨 새싹들도 눈을 뜬다. 화단에 빗물을 흠뻑 마신 이끼가 선명한 색을 띠며 드러누워 있다.

　　흙냄새 맡으며 자연과 공존하며 살아야 할 이끼가 아파트 베란다에서 견딜 수 있을지 좀 미안한 마음이 들었다. 하지만 계획한 대로 실행에 옮겼다. 기와 화분에 흙을 먼저 깔았다. 먼저 난을 심고 그 위에 이끼를 덮었다. 녹색을 띤 이끼는 공기 중에 수분을 흡수하면서 흙과 밀착되어 생명 줄을 이어갈 것이다. 자신이 지닌 그대로의 성질로 모난 것을 덮어 주는 것이 이끼이다. 그러기에 이끼를 방패 삼아 자라는 돌 난은 더욱 생기 있어 보였다. 녹색의 부드러움이 사람 마음을 평온하게 해주는 것은 덤이다. 있는 듯, 없는 듯 제 역할을 하며 터전을 넓히고 있는 이끼를 보면서 주위를 둘러보게 된다.

직장을 다닐 때 백화점 수예 코너에서 근무한 적이 있었다. 수예는 말 그대로 손으로 모든 작품을 완성해야 하는 작업이다. 매듭, 자수, 뜨개질, 조화 등 그 당시는 여성적인 직업으로 인식되어 제법 관심받는 직종이었다. 어떤 일이든 반전이 있게 마련인지 겉으로 보이는 손을 움직여서 하는 것과는 달리 과정의 노동력을 많이 필요로 하였다.

특히 굵은 매듭실을 매만지는 일은 손가락을 거칠게 만들었다. 조화는 아름답지만 만드는 과정은 복잡했다. 기계로 찍어내는 지금의 조화와 달리 도안, 오리기, 풀칠하기, 꽃 형태를 만들기 등의 작업이 끝나야 꽃송이가 완성되었다. 여러 단계를 겪고 나면 손 모양은 볼품이 없었다. 군데군데 접착제가 말라붙어 있고 자르고 오리는 칼의 쓰임 때문에 생채기가 생겨있었다. 그래도 나름 좋아서 하는 일이었기에 나만의 자부심이 있었다. 그 자부심이 얕아서 허술했을까, 슬며시 자만이 스며들었다. 내가 좀 더 나은 솜씨가 있다고 객기를 부렸을 때 죽도로 맞은 듯 섬

광이 번쩍였던 충격이 되살아난다.

가을비가 촉촉이 내리는 어느 날 기숙사가 있는 회사에서 매듭 강의가 있었다. 같은 또래의 기숙사 여직원들이 나를 가운데 세워 놓고 둘러섰다. 한 사람만 상대로 알려줄 때와 달리 수많은 시선이 나를 향하고 있다고 생각하니 손이 떨려왔다. 앞에 서서 누구를 가르친다는 것이 무섭게 느껴졌다. 손은 굳어 감각이 둔해졌다. 입 또한 얼어붙어 말은 버벅거렸다. 시범을 보이면서 설명해야 하는데 입과 손이 각각 따로 놀았다. 어느 하나도 제대로 진행되지 않았다.

쑥덕거림이 들려왔다. 주변의 열기는 온통 내가 다 받은 듯 얼굴이 익어갔다. 따가운 시선 때문에 고개를 들 수가 없었다. 의욕을 가지고 배우려는 사람들, 온전히 이해시키지 못한 나, 서로가 받는 답답함이 주변의 공기를 얼어붙게 했다. 등줄기를 타고 내리는 땀을 느낄 사이도 없이 무념의 시간은 흘러갔다. 내가 보여 주지 못한 것은 상대 또한 보지 못한 것이다. 그 이후의 기억은 빗소리에 섞여 한참을 울었던 기억밖에 나지 않는다.

슬그머니 일상적인 생활에서 불평이 늘어나기 시작했다. 쌓이기 시작하는 불만 해소를 위해 공감을 하게 된 동료와 시름을 토해내는 시간을 정했다. 정상 출근 시간보다 일찍 출근하여 백화점 내 구석진 자리에서 만났다. 커피를 마시며 속내를 토로했다. 그 시기에 느낄 수 있는 기쁨보다 더 앞선 욕심 때문에 지평선 너머에는 신록이 눈부시고 우리가 서 있는 자리는 낙엽이 바스락거린다며 객쩍은 한숨을 지었다.

현실에 만족하지 못한 시간은 지루했다. 무언가에 붙들린 듯 옴짝할 수 없는 마음이 이런 것인가? 위장한 겸손은 비굴에 지나지 않는다는 말이 떠올랐다. 깊이 인지하지 못했던 자만이 불신과 허탈감을 불러들였다면 믿음은 유리 조각처럼 깨지고 말 일이다. 온전한 이끼가 되지 못한 결과는 어설펐다. 자만이 앞섰다면 스스로가 만족할 수 있어야 한다. 결국 자신을 욕되게 하는 것은 타자가 아닌 자신이다. 신중하였지만 엇갈린 이해관계로 무서리 뒤에 된서리가 내리듯 호된 몰매를 맞았던 풍상은 주마등 같다.

어쩌면 나의 역할은 이끼와 같은 존재였는지도 몰랐다. 완성된 제 모습을 탄생시키고 돋보이기 위한 부러운 시선을 버리는 역할이었던 것 같다. 접착제는 더덕더덕 붙어 있고 군데군데 칼에 베인 손으로 작품을 완성하는 것, 손가락이 저리도록 뜨개질을 해서 완성한 뜨개품을 남의 손에 안겨주는 것, 한 땀씩 가느다란 바늘과 고운 비단실로 수를 놓아 병풍이라는 이름을 달고 남의 집 안방에 들여 주는 일 등은 이끼가 제 역할을 완수했을 때의 평온한 모습이었다.

이끼는 습기가 있는 곳에 자란다. 주변의 흙을 온전히 보호하면서 토양의 질을 높인다. 깊이가 얕은 기와에서도 이끼는 시간이 지날수록 흙이 흘러내리지 않게 끌어안는다. 그리하여 에워싸인 식물을 성장시킨다. 이끼와 식물이 서로 밀착되어 꽃을 피울 때 편안히 안착한 모습을 볼 수 있다. 사람과 관계도 불투명한 상황에서 이해시키려 한 쪽과 온전히 이해하지 못한 쪽과 관계는 이원성으로 흐르게 된다. 어느 쪽이든 먼저 촉촉이 끌어안는 역할을 한다면 갈등은 쌓이지 않을 것이다.

그림자에 갇힌 채 그루터기에 걸터앉아 먼 기억을 더듬어 본다. 부지불식간에 진실이 불신으로 해석되어 침잠된 기억은 일상생활 속에서 자리해 따라다닌다. 종종 타인을 바라보며 자신을 되새겨 보기도 한다. 제 몸을 펼쳐 토양의 질을 높이고 색을 발하면서 공기를 정화시키는 이끼로 살아가는 것, 눈에 띄지 않지만 나직이 엎드려 상대를 돋보이게 해주는 역할이 소중하다는 것을 시간이 흐를수록 깊이 느끼게 된다.

현재는 언제나 과거와 맞대어 있다고 했다. 가장 허위 같던 순간에 단순한 판단이 불러온 파장은 오랫동안 기억을 흔들고 있다. 다스리지 못한 감정은 역부족으로 칡넝쿨처럼 저 자랄 대로 자라 얽히게 된다. 그것을 풀어내지 못하면 구겨진 옷을 입은 듯 녹록한 불편함으로 오래 남게 된다. 그렇게 엇갈린 감정은 또 하나의 후회를 만들고 시간이 갈수록 회한만 쌓게 된다.

기와에 담긴 돌 난이 몸을 살짝 비튼다. 안긴 듯 편안해 보이는 이끼가 살짝 기지개 켤 수 있게 부드러운 물줄기를 뿌려준다. 여리게 기지개를 켜는 이끼의 몸짓을 살짝 따라 해 본다. 마음자리 하나가 열리는 것 같다.


## 패랭이꽃의 발견

수직으로 내리꽂는 햇살
곤두선 바람의 방해에도
사방 곳곳에 내려앉는다.
직각 모서리로 부딪히며
객쩍은 바람을 견뎌내고
길섶 기이한 바위틈 사이
바람에 비벼대며 자란 들꽃
동그마니 몸 전체를 가린
할 말 잃은 그림자를 밀쳐내고
고집 센 햇살 한 줌과 함께
소리 없이 꼿꼿이 서 있는
한 송이 패랭이꽃을 찾아냈다.
파랗지 않고
파랑을 품고
속내 들썩이던 잔울음이 하얗게 빛난다.

# 시

문득 한 줄의 시를 쓰고 싶은 날, 친구에게서 연락이 왔다. 개봉하는 영화가 있는데 함께 보고 싶은 사람이 나였단다. 영화가 궁금한 것보다도 나를 찾아준 친구의 뜻이 감사해서 쾌히 승낙했다. 서로 하는 일이 있는 관계로 일찍 서둘러서 조조 영화를 보기로 했다.

새로움에 마음이 설레었다. 이렇게 홀가분하게 영화를 본 지 얼마 만이던가. 어느새 중년이라는 이름표를 달고 휙 둘러보니 보이는 것은 보이지 않는 것보다 멀리 있음을 느낀다. 영화 한 편에 마음이 이토록 설레는 연유가 무엇일까? 아마 함께 공감할 수 있는 대상이 친구여서 그런 것이 아닐까? 혼자 묻고 답하며 들뜬 기분을 감추고 약속 장소로 향했다.

영화는 잔잔한 운율이 되어 흘렀다. 시를 닮은 시인이 등장했다. 그녀는 은은한 정서가 감도는 서정시 같은 사람이었다. 자분자분 이어지는 행동들이 유유히 흐르는 강줄기를 따라다니는 낮은 바람 같았다. 예고 없이 내리는 소나비를 작은 바위에 앉아 그대로 맞으며 한 줄의 시상을 찾을 것 같은 그녀이다. 바람결에 부딪히는 나뭇잎 사이에서도, 시들어가는 동백꽃의 느린 눈물 앞에서도 그녀는 시를 찾았다.

고뇌하는 그의 얼굴 주름은 시를 찾아가는 길처럼 엿보였다. 아름다운 시어들이 그의 표정에서 하나씩 튀어나와 행간을 이어 갈 것 같았다. 〈시〉라는 영화 속에서 시를 쓰기 위해 치열하게 갈망하는 시인, 노을빛 앞에서 서성이는 노시인의 감성을 보게 되었다. 영화는 '시' 그대로였다. 배경음악 한 곡 온전히 기억되지 않지만, 주인공의 행동과 표정으로 시를 표현했다.

아주 오래전부터 유명했던 배우가 여러 갈래 세월의 흔적을 고스란히 얼굴에 싣고 그만큼의 무게 실은 감정을 그대로 표현하고 있었다. 모든 움직임이 섬세하고 정연했다. 시인만큼 정제되지 않아도 공감이 갔다. 제대로 살지 않았어도 뒤돌아볼 가치를 느꼈을까? 문우와 나는 긴 시간 동안 꼼짝없이 한 편의 시 속에 빠져들었다. 눈에 보이는 모든 영상이 수채화 같은 영화였기에.

주인공은 적절한 시어를 표현하기 위한 상념 속에 바람처럼 헤맸다. 배냇 울음 끝에 떠오르는 영감이 흩어지는 운무를 타고 찾아들었다. 손자가 저지른 철없는 행동 때문에 목숨을 잃은 소녀를 향한 한 편의 시를 완성했다. 완성된 시가 어떤 연유에서 탄생되었건 고통의 승화다. 시를 쓰는 사람이면 누구나 겪었을 법한 과정을 오롯이 담고 있었다. 나에게도 시를 쓴다는 것이 저토록 아린 것이었을까?

마음을 다 드러내지 않고 나를 달래는 일은 시를 쓰는 것이었다. 타지방으로 시집을 온 나는 가까이 사는 친구가 없었다. 보고픈 이들은 많은데 만날 수가 없고, 말은 하고 싶은데 들어주는 이가 없었다. 마음을 다 표현하지 않는 남편과 사근사근 다가가지 못한 나는 갈등 고리를 잇고 있었다. 고통이 승화되기 전 서툴고 부족할수록 표현하고자 하는 고뇌는 더욱더 어색한 것이었다. 가끔 눈앞의 현실에 적응하지 못해 가슴을 칠 때, 표현할 수 있는 것이 없었다.

어느 곳보다 에는듯한 이곳의 겨울 날씨가 내 마음 같았다. 마음을 옮기기 시작했다. 기쁨과 즐거움보다 슬프고 화난 일을 더 많이 적었다. 마음과 마음의 싸움이었다. 줄줄이 힘들다고 적어 내려가던 마음이 쌓이게 되면 그래도 괜찮아하는 마음이 슬며시 고개를 들었다. 두서없는 글이 날마다 일기장에 실렸다. 두 마음이 빚어낸 깨달음이 한 편의 서툴고 엉성한 시가 되었다.

지금 펼쳐 보면 무엇이 그리도 마음 싸움을 하게 했는지, 또 그 부실한 갈등을 사색으로 미화를 시켰는지, 연륜이 부족한 삶을 사느라 낑낑거리는 엄살의 투정이 그대로 드러나 있었다.

선하게 산다는 건 어떤 의미인지는 알지만, 그에 맞추어 살아가지 못하는 것이 사람이다. 나의 합리성만 강조하며 무엇이라도 되는 양 긁적거렸던 글을 지금 펼쳐 보면 낯 뜨거움에 얼굴을 감싸게 된다.

삶의 행적들이 한 편의 시라고 생각해 보면 짧게 산 삶은 아직 완성되지 않은 문장일 것이다. 한 편의 시를 완성한다는 것은 배우고 익히는 삶을 통해 성숙한 면모가 드러나야 하지 않을까. 세월을 무심히 흘려보내지 않고 심상을 키우는 야멸찬 삶을 살아야 하거늘 물소리를 들으며 마냥 물을 흘려보내는 것이 아니라 흐르는 길을 봐야 할 것이고 갈대밭을 서걱대는 바람 소리를 들으며 갈잎의 아픔을 헤아릴 수 있어야 할 것이다.

불현듯 몰고 온 먹구름이 쏟아내는 소나기를 맞고서도 몸이 젖었다는 것을 의식하지 못할 때 한 편의 시가 완성되었다. 환희에 젖어 주변이 환해지던 영화 속 시인의 모습이 선연히 다가온다. 천둥 치고 장대비가 내린 다음 날 하늘을 올려다보면 더욱 파랗게 보인다. 몸으로 마음을 오롯이 표현하고 밝은 웃음을 남겼던 영화 속 주인공은 혼신을 다한 시 한 편을 남겼다.

영화를 다 본 친구와 여운을 잔뜩 끌어안고 차를 마셨다. 마침 안내한 찻집이 시의 풍경이 있는 집이었다. 이름 모를 자잘한 꽃들이 정원을 에워싸고 있고 소담스럽게 쌓아 놓은 돌무지 속에는 작은 연못이 있었다. 아직도 영화에서 헤어나지 못하고 있는 친구와 계속 시 이야기를 하다 그 연못을 응시했다. 연못은 잠자는 듯하였으나 저 깊이에서 유유히 유영하는 물고기를 품고 있었다. 심청이가 환생한 것 같은 수련을 피워 올리고도 물결 하나 흔들림 없다.

불현듯 내 앞에 앉아 조곤조곤 이야기를 끌어내 주고 영화를 인도한 그녀가 연못을 닮았다는 생각이 들었다. 그녀는 연못의 보이는 모습만 아닌 가늠할 수 없는 포용력을 지녔다. 날마다 부족하다고 속삭이지만, 방긋 지어 보이는 미소 안에 많은 것을 수용하는 연못 같은 자비로움을 감추고 있었다. 자신을 다 드러내지 않고 사람의 시선을 당기는 연못이 시의 소재가 된다면 그녀 역시 시로 표현할 수 있는 사람이다.

그녀 앞에서 보이는 것만 바라보는 나는 시를 쓰기에는 많이도 부족한 사람이다. 아직 나는 문학이라는 명분만 내세운 완성되지 않은 글을 쓰고 있다는 결론을 내렸다. 오래전 고통이 수반되어야만 시를 쓴다던 어떤 이의 말이 생각났다. 나름 삶이 힘든 척 고통을 승화하는 척 문학을 우롱하며 글을 썼던 지난 시간이 부끄럽다.

갇힌 마음속에서도 개방적인 의식을 표현할 수 있는 연륜이 있어야 성찰의 과정이라는 것을 어설피 알게 되었다. 감정과 마음을 가두고서는 그 어떤 것도 쓸 수가 없다는 것을 알게 되었다. 덜 채워진 내 미완의 삶을 낮은 바람에 투정 없이 잎을 피우는 꽃처럼 천천히 채워 나가야 하겠다. 사물 하나 제대로 뚫어 볼 수 없는 좁은 시안으로 시어를 운운한다는 것은 채찍이 부족한 머줍은 아이나 하는 짓이지 싶다. 잔바람이 인다. 나직이 젖은 마음을 말려본다.

## 어떤 날

삭아지는 어떤 날
높은 하늘의 구름이 흔들리고
바람 속의 무게가 힘겹다.
껍질뿐인 성충의 몸
추켜 뜨기 힘든 눈으로
꿈벅인 하루
바람 앞에 자유를
그리워하다 늦은 마음으로
흔들린 구름을 바로 세운다.
빈 가지엔
바람이 흔들리다 주춤거리고
젊음을 붙잡던 등불은
어떤 날을 밝히려 껌벅이고 있다.

# 카펫

　　색색이 곱다. 자잘한 꽃무늬가 오밀조밀 금방이라도 피어날 것 같다. 세세하게 조각조각 박음질 되어 얼핏 봐도 야무진 구성이 단단하게 보인다. 중앙에는 꽃 그림을 살려서 꿰맨 것이 형태가 더 선명하게 느껴진다. 가장자리는 각기 다른 문양이 있는 천을 연결했다. 잔손질이 많이 가서 쉽게 완성되지는 않았을 것 같은 퀼트라고 불리는 카펫이다. 나의 얕은 안목으로는 살 수 없는 고급스러운 카펫을 간간이 연락하던 친구가 불쑥 제 소식처럼 부쳐왔다.

　　바닷바람이 훈훈한 도시 전통시장 유명상가에서 공예품 판매를 하던 친구였다. 자주 만나지 못했기에 언제나처럼 계절 하나가 지나고 있음을 느낄 때쯤 연락이 왔다. 항시 대화 내용이 간결한 성향이라 침구류까지 업종을 늘렸다는 소식도 짧게 전했다. 그러곤 짐을 부쳤으니 받아 보란다.

통화한 다음 날 도착한 짐을 재빨리 풀어 펼쳐 보았다. 조각 조각 틈새 없이 이어진 카펫을 제일 먼저 펴서 거실에 깔았다. 함께 끼워서 보낸 다른 수예품도 세심하게 살펴보면서 내가 아는 그의 성격이 그대로 옮겨 왔음을 느낀다. 카펫의 오밀조밀한 조각 무늬가 친구의 냉철하고 사리 분별이 분명한 행동들과 흡사하다는 생각이 들었다.

한창 꽃 같은 나이라 말하는 이십 대 초반에 그를 알게 됐다. 무슨 일이든 반전이 있듯이 친구가 정말 가까워질 수 있을 때는 상반된 면을 발견했을 때였다. 두려움이 많은 나는 늘 갔던 길만 가는 조심스러운 쪽이었고, 그는 예리하리만큼 정확한 판단력과 도전적인 성격으로 멀리 내다보는 안목을 지니고 있었다. 결혼해서 안주한 삶을 사는 쪽보다 일 하는 쪽으로 계획을 세우고 있었다. 어쩌면 그때는 그가 생각하는 것들이 지나친 도전이 아닐까 하는 우려도 있었다. 아직 어린 나이에 과감히 행동으로 옮기는 추진력에 놀랄 때가 종종 있었기 때문이다.

자신의 주장을 믿고 결정하는 편이라 주위 사람들을 흡수하는 편은 아니었다. 시원시원하게 생긴 외모에 남자 친구가 많을 것 같았지만 없는 척했다. 그러던 어느 날 주변 사람의 입을 다물지 못하게 하는 일이 거듭 일어났다. 오 년 동안 사귄 남자 친구가 등장했다. 더 놀란 건 공예품 가게를 남자 친구와 함께 개업했다. 물론, 일이 진행되는 과정을 유일하게 알고 있었던 나는 발설할 수가 없었다. 부탁도 있었고 말없이 지켜보는 쪽이 도움이 될 것 같아서이기도 했다.

얼마 동안은 그런 나까지 야유를 듣기도 했다. 급작스레 벌어지는 일에는 논란이 따를 수밖에 없었다. 시간이 흐르기를 견뎠다. 그는 나에게 미안함을 표하며 간간이 진행되고 있는 계획들을 털어놓았다. 아직 이십 대 나이에 공예품 도매 상회를 운영하면서 결혼 생활을 안정적으로 끌고 갈 수 있을까 염려가 되었다. 노파심이 치명적이었을까?

얼마 지나지 않아 남편과 삐걱대는 소리가 들렸다. 여자이면서 저돌적인 친구와 오히려 여성스러움이 있는 남편과 성격 차이에서 오는 갈등이 심화되었다. 그는 무슨 결정이든 여념이 없었다. 옳은 일이라 생각되면 판단은 망설이지 않고 쉬이 내렸다.

부부의 갈등이 점차 잦아지고 악순환이 이어지더니 결국 남매를 떠안고 혼자서 살았다. 그래도 그는 천성 대장부였다. 소소한 허물은 치부로 여기지도 않았다. 결혼 전에 그를 판단했을 때는 지나치다는 생각이 들 때도 있었다. 하지만 나 역시 결혼해서 살아가면서 삶의 방향이 내 의지대로만 안 되는 것이라고 느끼면서부터는 친구가 대단하게 다가왔다.

나는 여러 고비에서 분별하기 어려움을 이겨내려 속내 눈물 채우며 살았지만, 그는 칭얼대지 않으면서 눈물과는 거리가 멀었고 주동적인 용기가 있었다. 가끔 친구의 현명한 조언이 필요할 때도 있었지만 멀리 떨어져 살게 되는 연유로 자주 만날 수가 없어 아쉬울 때가 많았다.

물건을 잘 받았다는 전화를 했다. 세심하게 챙겨준 실내화, 앞치마, 발 닦이 등을 잘 쓰겠노라 인사를 전했다. 자신이 디자인하고 상품권을 등록한 것을 특별히 나를 생각해서 보낸 거라고 힘주어 말했다. 카펫을 디뎌 보았다. 엉거주춤 서 있는 손님처럼 느껴지는 것은 왜일까. 받기만 해서 그렇지 않나 싶다. 그에게서 주인장 같은 여유가 느껴져 어색했지만, 진정으로 나를 생각하는 마음 쪽으로 받아들였다. 카펫 위를 또박또박 걸어 본다. 발아래 느껴지는 감촉이 푹신하니 부드럽다. 재봉틀의 바늘에 박히고 또 박혔을 카펫을 손으로 이리저리 어루만져 본다. 내 마음에 드는 것을 정확히도 아는 그가 새삼스럽게 고맙다.

결혼 전 우리는 소속되지 않은 자유를 좀 누려 보자며 여행을 떠난 적이 있었다. 특별한 이탈은 서로 두려워했던 터라 밤 기차를 타고 서울까지 가는 거였다. 그때는 느린 막차를 타고 서울역까지는 긴 시간이 소요되었다. 밤 기차 여행이라는 낭만적인 분위기를 기대하며 출발했으나 기차 속의 밤 풍경은 긴 시간내내 어둠뿐이었다. 그저 여행의 자유를 누릴 줄 알았으나 막막한 어둠과 졸음에 꾸벅이는 사람들뿐이었다. 들뜬 마음을 가라앉히고 상황을 받아들이는 데는 얼마 걸리지 않았다. 그때 친구

가 동그란 눈을 굴리며 했던 말을 잊을 수가 없다

"앞으로 우리가 살아가야 할 인생도 이런 것이 아닐까?" 꽃다운 숙녀의 입에서 나온 말. 애당초 그는 환상 같은 것은 옆에 두지도 않았다. 저 멀리 수평선이 아름다워 보여도 가까이 다가서면 똑같은 위치라는 말이었다. 보이는 것만 아름다워 보인다는 말은 현실을 직시해야 한다는 말이었을 게다. 사리 분별이 빠르고 상황판단을 잘하던 그는 이미 세상을 바라보는 눈이 밝았다. 그렇기에 자신 앞에 다가왔던 어려운 고비들을 무리 없이 헤쳐 나왔지 않았나 싶다. 어렸던 나이에 시도한 사업을 시행착오를 겪으며 건물 주인이 된 그를 내가 아니더라도 당찬 훌륭한 사업가로 인정하고 있다. 푸념만 하지 않고 당당히 맞서 부딪히며 헤쳐 나온 삶의 결과이기 때문이다.

카펫을 깔고 보니 깔지 않았을 때보다 훨씬 거실 분위기가 화사하다. 더했을 때 불편한 것이 있고 편안한 것이 있는데 이 카펫은 그 후자인 것 같다. 오랜 친구의 정이 담겨있기도 하고 세월 고비를 넘겨 가며 성공을 이룬 그의 흔적이 고스란히 배어 있어 그런 것 같다.

## 다리

바퀴 달린 세월이
눈썹 위로 달아나
머리끝 몇 가닥 흰머리 사이로 부서진다.
끊임없이 이어지는 생의 포물선
마른 풀잎 더 깊이 숨을 쉬듯
내쉬는 한숨 길어진다.
부서지기 위해 다시 일어서는 파도
바다의 씨앗이 된 소금
기억을 잃어가는 늙은 해송은
많은 것을 껴안고도 힘들어하지 않는데
덧나버린 내 일상의 생채기들은
얼기설기 남루함에 무거움이 느껴져
맑게 우려낸 바람이 머문 다리를 찾는다.
숲에서 다리를 지나 한 줌씩 흘러나오는 바람
무거운 어깨 위에서 사그락거린다.
붉은 해 바람 모퉁이를 돌아서 드러누운 한낮
눈보다 귀가 먼저 두리번거림에
보이지 않아도 무엇이 들리는지 이젠 알겠다.
햇빛이 갈래갈래 부서지는
내가 건너야 할 다리

# 호흡

　　잔잔한 하모니가 음률을 탔다. 하얀 벽으로 둘러싸인 무대 공간이 소리로 꽉 채워졌다. 지휘자는 중앙에 서서 수십 명의 단원을 하나같이 시선을 모으고 전체 박자 조절을 했다. 한 박자씩 이어가는 가락은 호흡이 척척 조화를 이루었다. 빠른 멜로디와 느린 멜로디 조화를 이루며 선율 타는 노랫가락에 청중도 함께 숨죽이며 호흡을 맞추고 있었다.

　　아들이 합창단을 지휘하고 있다. 나는 팔을 움직이며 손끝으로 수십 명 합창단원의 시선을 압도하는 아들 뒷모습을 두 손 움켜쥔 채 바라보았다. 뒷모습만 보고 있어도 아들 표정이 선하게 다가와 손이 오그라들고 긴장됐다. 간결함으로 흔들림을 막으며 호흡 조절하고 있는 아들 모습은 엄연한 지휘자였다.

　　아들은 대학교에서 합창 동아리를 했다. 4년 동안 꾸준히 참여하면서 열성을 보였다. 무엇보다 팍팍한 공부를 하는 의과 특성상 노래 동아리는 그들에게는 안식의 공간이 되었다. 매회 공연 때마다 수많은 단원이 몇 달 동안 연습 캠프로 호흡을 맞추는 반복연습을 했다. 학교 수업을 마치고 저녁 시간을 쪼개 가며 합창 연습을 하는 과정은 나름의 성장 과정이었다.

과정을 봐 왔던 나는 그날의 공연이 근사한 프로합창단과 견주어도 손색이 없겠다 싶은 넘치는 생각을 했다. 아마추어들이 만들어낸, 흔들림 없고 완벽하고 훌륭한 공연이었다. 직접 해석이 안 되는 외국 가사가 흘렀지만, 감정이입은 그리 어렵지 않았다. 소프라노 솔로가 선율을 타더니 각 부분에서 나오는 화음이 어우러져 환상의 하모니가 완성되었다. 그 하모니는 누구 한 사람만의 힘이 아니라 각 부분을 맡은 단원들과 반주자와 지휘자의 호흡이 이루어낸 결과였다. 감동은 소름을 탔다. 나는 청중 속에서 시시로 박수를 보내는 일등 관객이 되었다.

벅찬 기운을 조절하지 못한 나는 아들을 향해 소리 지르고 싶었다. 어찌하여 내가 지니지 못한 음악성을 아들이 타고나서 이 어미에게 감동을 선사해 주는지, 어미의 부족함을 감추고 온전히 아들 능력으로 돋보이게 해주는지, 마음 호사를 누리게 해주는 감격을 그대로 전달하고 싶었다. 그 순간은 아들에 대한 고마움만이 머릿속을 채우고 있었다. 연주가 끝난 후 아들 귓전까지 들리도록 박수를 보냈다.

이런 기쁨의 박수를 예상하지 못했던 아들의 어린 시절이 떠오른다. 말수가 적었던 아들의 초등학교 시절은 조용했다. 많은 사람을 아우르며 활동반경이 넓지는 않았다. 큰소리로 혼낼 일도 별로 없고 대화도 조용했다. 감정 기복이 한결같아서 속내를 알기엔 시간이 길었다. 혼돈이었던 사춘기를 접하면서는 더욱 걱정되었다. 의사 표현에 강한 여느 아이들을 보면서 노파심이 밀려왔다. 조화를 이루며 살아야 하는 세상에서 정도의 길을 걷는 아이가 때로는 염려될 때도 있었다.

부조화 속에서의 관념을 깨듯 아들은 점점 음악을 좋아했다. 듣는 것을 좋아해서 많은 곡을 최신형 기계에다 저장해서 듣곤 했다. 내가 보는 앞에서는 듣기만 했지, 노래를 부르지는 않았다. 그래서 나는 아들의 노래 실력을 가늠할 수가 없었다. 음악에 문외한인 엄마가 서투르게 아는 척하면 안 될 것 같았기에 알려고 애만 썼다. 온전히 이해하는 것과 모르면서 아는 척하는 것은 어렵다는 것도 깨달으면서 말이다.

용단이 강하지 못했던 나는 자식을 키우는 것이 가장 힘들었다. 나보다는 똑똑하고 당당한 사람으로 키우고 싶은데 나의 성향은 강하지 못했다. 그래서 택한 방법이 자율적 선택이었다. 나는 다소 부족하게 굴었다. 아니 부족한 엄마였다. 어떤 면에서는 무지했다. 그렇기에 어떤 일에 있어서 선택은 스스로 할 수 있게 유도했다. 자신의 선택에 후회 없기를 인지시켰다. 최선에 직면할 때 더 강해지는 것인지 아들과 딸은 드러내지 않고 주체성 있는 인격체로 성장했다.

연미복을 차려입고 지휘를 하는 아들의 모습을 보고 있다. 엄중하게 시선을 끌어당기는 모습이다. 저렇게 아들은 자신의 의지를 이겨내는 호흡이 있었다. 성깃한 빗줄기였을 때에는 행동이 느려 보이기도 했으나 다 갖춘 모습에서 함부로 대할 수 없는 품격을 느꼈기에 조급한 마음이 생길 때는 아들 발걸음에 박자를 맞추었다. 그런 아들 옆에서 내가 할 수 있는 것은 호응하는 숨 고르기였다.

때로는 엄마의 관심이 집착으로 보일까 봐 목소리의 높이를 낮추었고, 또 여느 때는 엄마의 무지가 탄로날까 봐 말보다 행동의 소리를 냈다. 삶은 거울과 같다는 말을 명시하면서 스스로 새겨보는 법을 먼저 깨닫게 하고 나도 깨달았다. 길을 잃는다는 것은 다시 새로운 길을 찾는다는 진중한 진리를 서로 알게 된 것이다. 이젠 울림의 감정으로 말 한마디 없어도 아들의 마음을 읽게 되었다.

마지막 곡 연주가 끝났다. 지휘자인 아들 두 손에서 모든 하모니가 멈추었다. 순간, 호흡이 정지된 느낌이다. 멈추었던 아들은 뒤돌아서 청중들에게 깊은 인사를 했다. 우레와 같은 박수가 호흡을 정지시키고 아들 귓전을 뚫었으리라. 반주자를 소개하고 다시 큰 인사를 했다. 수많은 사람의 호흡을 움직이게 하자 객석에서는 한 번 더 '앙코르'를 외쳤다.

나는 누가 바라봐 주기를 바라면서 한참 손뼉을 쳤다. 듣는다는 것이 내면을 바라볼 수도 있다고, 모두 느끼기를 바라는 마음이었다. 콧물이 떨어질 날이 없었던 어릴 때, 유난히도 눈물이 많아 큰소리 한 번 지르기 어려웠던 시기를 지나 아들이 이리도 큰 나무 같은 모습으로 내 앞에 서 있었다. 그 감동의 여정을 나 혼자 다 이루어 낸 것 같은 자아도취에 북받쳐 목울대가 뻣뻣해졌다.

그날의 공연 모습은 한 편의 감동 드라마였다. 아직도 생생히 기억 그대로를 살려내고 있다. 새길수록 다시 심기가 끓어오른다. 나는 그 후로도 여러 날을 귓전을 맴도는 아름다운 합창의 멜로디 때문에 호흡이 멈추었다가 다시 뚫리는 후유증을 겪었다. 이제 팔불출이 되어 버린 나는 아들이 보내온 휴대폰의 문자에도 따뜻한 호흡을 느끼고 절로 음률을 탄다. 진동음이 울린다. 무엇에 찔린 듯 빠르게 몸을 일으킨다.

# 사월

"호로롱, 호로롱."

미처 산으로 날아가지 못한 호롱새가 아파트 정원에 머물러 앉아 노래한다. 산속의 봄보다 문을 열고 모두를 받아들이는 도시의 봄이 더 화려해서 잠시 마실 나왔나 보다. 높아진 하늘에 담긴 하얀 구름이 작은 새를 더욱 생기 있어 보이게 하는 날이다.

'4월이 어디쯤 있나!'

나뭇가지에 걸터앉아 노래하던 새가 땅속에서 밀어 올리는 새싹들의 여린 숨소리를 들으며 잔풀 위를 종종댄다. 날아올랐다 내려앉았다. 날렵한 몸으로 바쁘게 움직이며 아지랑이를 쫓고 있다. 새가 앉았다 날아간 주변에는 이미 많은 여린 싹들이 무리를 이루어 자라고 있다. 그 틈새 미운 오리 새끼처럼 따로 자란 쑥 한 포기가 눈에 띈다. 순간 뜯고 싶은 충동을 간신히 참으며 눈인사를 건넨 뒤 새소리의 여운을 안고 동네 시장을 향했다.

균형 잡힌 헌병대 사열대처럼 에워싸여 있는 아파트 단지 내에서는 옛 시장의 분위기는 찾기가 힘들다. 메마른 입맛을 다시며 대형마트를 찾아가야 한다. 아쉬움을 달래주듯이 인도 변에 앉아 풋풋한 푸성귀를 한 묶음씩 진열해 놓고 팔고 있는 정겨운 할머니들의 모습을 훑고 지나간다. 그 속에는 내 어머니 닮은 분도 앉아 있고 미래의 내 모습도 보인다. 오늘은 머리에 수건을 쓰고 계신 할머니에게서 쑥 한 소쿠리를 샀다. 곱게 다듬어 한 움큼 담아 놓은 할머니의 쑥은 티 하나 없이 깨끗하다.

단돈 몇천 원어치의 가치를 높이려고 할머니 손놀림이 얼마나 분주했을까? 캐서 다듬고 눈에 띄게 진열해 놓고 한 소쿠리 사면 덤으로 더 얹어 주시는 넉넉한 인심도 미리 자리하고 앉은 봄 햇살처럼 따사롭다. 그 따사로움을 함께 담아 남편이 좋아하는 쑥국을 끓여야겠다. 대합조갯살을 다져 넣고 들깻가루를 넣고 끓인 쑥국은 봄맞이하는 첫 손님이 되기도 한다.

미각으로 봄을 느꼈다면 시각적인 여유로움을 느끼게 해주고 감성을 자극하는 것이 4월에는 또 있다. 아름다운 꽃들이 잘 보이는 곳에 자리하고 서로 다투며 피어나 모양새를 뽐낸다. 쉬지 않고 꿈틀대는 바람 틈새로 얕은 상처를 입으면서 제 모습을 다듬는다.

그러기에 새 생명의 존귀함을 사람의 탄생에서만 느끼는 것이 아니라 시샘하는 꽃샘추위를 견디면서도 피어나는 꽃들에서도 느끼게 된다. 지금 아니면 피우지 못할 한시적인 절명함을 순간의 화려함으로 모두 발산해서 피어난다. 생에 가장 아름다운 모습을 세상에 각인시켜 놓고 사라져 가지만 우리는 이름을 남기고 사라진 유명인보다 더 오래 각각의 꽃들을 기억한다.

많은 꽃 중에서 가장 사월다운 꽃이 라일락이다. 내가 가장 좋아하는 꽃이라서 더 돋보일 수도 있겠다. 라일락은 보라 꽃의 은은함이 전체 분위기를 압도한다. 코가 우뚝 선 버선 끝이 보일 듯 말 듯 긴 치맛자락을 걷어 올리며 한 발씩 내딛는 여염집 규수의 걸음걸이 같은 모습이다. 향기 또한 진하지도 약하지도 않다. 눈꼬리를 살짝 내리고 가늘게 실눈을 뜨며, 애교 섞인 입술을 실룩거리는 춘향이가 이 도령 앞에서 풍기는 향기같이 다소곳하다. 짧은 시간 동안만 전해주는 꽃향기 때문에 향수병에 걸린 것처럼 그 향기를 그리워한다.

이렇게 꽃을 피우고 향기를 풍기게 만드는 마법을 거는 주술사는 사월의 햇살이다. 지나간 겨울 동안 어둡게 불었던 바람을 가라앉히듯 밝고 산뜻함으로 다가온다. 그리 길지도 짧지도 않은 햇살은 적당한 온도를 유지한 채 인심 좋은 재래시장 좌판 아주머니처럼 넉넉히 골고루 퍼 담아준다. 그런 사월의 햇살은 사람들에게 새로운 희망이 생긴 것처럼 밝음으로 안겨 온다. 구석구석 내려앉아 싹을 틔우게 하고 식물을 풍요롭게 자라게 해 준다. 우리 곁에 소리 없이 늘 있어서 소중한지도 모른 채 살아간다.

세상을 밝게 하는 햇살 같은 것이 어디 자연에만 있겠는가. 까르르 웃어대는 사람의 웃음에도 있다. 아기가 배시시 웃는 웃음 그것도 사월 같은 웃음이다. 웃음에는 각각의 꽃과 같은 색깔이 있다. 그중 아무것과도 섞이지 않은 투명한 무색은 맑은 아이의 웃음 색이다. 천연의 무색에서 자연의 순리에 따라 조금씩 퇴색되기도 하고 오염되기도 하면서 색깔이 바뀌어 간다. 삶에 더해지는 무게에 따라 웃음의 무게도 달라지듯이 웃음은 그 사람의 인격적 가치와 첫인상을 좌우하기도 한다.

이렇게 내가 좋아하고 즐기는 것들이 사월에 다 모여 있다. 사월은 이미 다 이루어진 안정과 편안함보다는 새롭게 시작할 수 있는 긴장감과 들뜬 마음이 있는 달이다. 한 움큼의 나물을 덤으로 주시는 아주머니를 통해 세월이 덤으로 흐르고 있음을 알게 되고 키를 높인 뒤 낮은 향기를 피우는 라일락꽃을 통해 겸손함을 배우게 된다. 편견 없이 골고루 세상을 밝혀 주는 따사로운 햇살을 느끼며 가끔은 마음 욕심을 덜어내게 된다.

예전에 엄마는 계절에 어울리는 꽃을 가꾸었다. 엄마 덕분에 항상 꽃을 볼 수 있었다. 여름에는 색색이 채송화를 화분에 소담스럽게 피우셨다. 노랗고 빨간 꽃이 오밀조밀하게 피어나 화분을 가득 채웠다. 담장 위에 가지런히 진열된 화분은 멀리서 쳐다봐도 산뜻하게 눈에 들어왔다. 그때 근처 초등학교에서 자연 관찰 실습대용으로 그 화분을 빌려 갔다. 얼마 후 돌아온 화분은 본연의 모습을 잃고 널브러지고 초췌한 모습이었다. 화분을 들여다보며 상심하셨던 엄마의 표정을 잊을 수가 없다.

아쉬움을 채워 주듯 사는 동네 뜰 앞에는 온통 꽃밭이었다. 그때도 아직 꽃샘바람이 멀리 가지 못한 사월이었다. 앞산에는 군데군데 진달래가 수줍게 피어있고, 마당 한쪽에서는 라일락이 꽃망울을 머금고 있었다. 엄마는 라일락꽃 앞에서 어두운 얼굴을 지우고 웃음을 머금었다. 잠시라도 위안을 얻은 듯했다.

엄마가 그때 유행하던 노래를 가끔 흥얼거리면 함께 따라 불렀다. 아직도 기억나는 멜로디와 가사가 "라일락꽃 피는 봄이면 둘이 손을 잡고 걸었네, 꽃 한 송이 입에 물면은 우린 서로 행복했었네."이다. 라일락꽃은 서로 손을 잡고 있다. 한 잎이라도 떨어져 나가면 안 될 것처럼 부둥켜안고 있다. 그런 라일락꽃은 서로를 필요로 하는 세상의 이치와 닮은 꽃이라는 생각이 든다. 이렇게 사월을 바람처럼 잡고 연연하는 것은 내가 사월에 태어난 명분도 있겠지만 새처럼 날아 보고 싶어 하는 환상을 버리지 못하는 연유가 더 크기에 그런 것 같다.

## 2부

흙길을 돌고 돌아서

# 도래샘

      목청을 놓아 부르는 아이의 노래처럼 세차게 흘러내리는 폭포는 소리만으로도 높고 낮음을 가늠한다. 바위를 때리며 소리치는 바닷물은 숨 가쁘게 달려왔음을 알리려는 것 같다. 얼마큼의 깊은 울부짖음인지 짐작된다. 거친 흙길을 돌아 돌아서 물길을 놓치지 않으려고 샘이라는 이름을 얻어 낸 도래샘은 한꺼번에 사람들의 시야를 다 적시지는 않는다. 하지만 쉽지 않게 만난 반가움에 어디서부터 시작이었나 보고 또 들여다보며 물길을 찾아보게 된다.

    녹록지 않은 환경에서도 온전히 길을 찾아낸 작은 샘은 지나는 이들의 발길을 멈추게 한다. 모진 과정을 겪고 새로 태어난 샘의 안정된 모습은 얼굴을 들이대지 않아도 물 내음이 피어오르는 것 같다. 지금까지 나는 한발 물러서서 샘의 모습만 감상

했다. 그런 내가 언제부터 샘이 이루어진 과정까지 이해하게 되었는지, 돌고 돌아서 맑은 물줄기 샘솟는 도래샘과 같은 안온한 미소에 자애로운 표정 가득한 한 사람의 모습이 떠오른다.

낮은 계곡물 소리가 안내해 주는 산길에 들어섰다. 처음 그 길을 들어섰을 때와는 사뭇 다른 느낌이다. 녹음이 짙어져 두껍게 내려앉은 산그늘이 온몸을 더듬어 마음을 가다듬게 했다. 좌우로 고개를 돌려보니 잎새 사이를 빠져나오는 시원한 바람이 한결 발걸음을 가볍게 한다. 그동안 변해버린 풍경에 내 집에 변화가 생긴 것처럼 반가운 마음이었다. 전과 다르게 잘 다져진 길은 손길이 많이 거쳐 갔음을 짐작하게 했다. 양쪽에 줄지어 서 있는 나무들이 만들어 낸 그늘이 오를수록 선경이어서 풍경화를 감상하듯 천천히 걸음을 옮겼다.

오래전 처음 이 산사를 찾았을 때였다. 울퉁불퉁한 산길을 따라 제멋대로 자란 풀들이 무성하였다. 모든 것이 고요하여 살짝 스치는 바람에도 나무가 상처받을 것 같았던 것은 내 마음이 아파서였을까, 사람의 기척도 없는 길을 따라 오르니 절이라고 말하기에는 너무 허술한 암자가 한 채 나타났다. 인기척에 낯익은 비구니 스님 한 분이 두 손을 합장하고 걸어 나왔다. 스님은 차분히 미소를 띠며 다가왔다.

인연 따라 불가에 귀의한 언니였다. 난 가슴의 움직임이 멎는 것 같아 머줍게 서서 멍하니 바라만 보고 있었다. 상상이 눈앞에서 현실이 되었다. 어떤 자세로 대면해야 할지 웃음과 울음이 조절되지 않는 낯가리는 아이처럼 굼떠 있었다. 그 사이에서도 비집고 들어 온 언니의 모습은 제대로 일구어낸 맑은 물 넘쳐 흐르는 도래샘이었다. 힘을 실은 웃음은 완연하여 한낮의 햇살보다 더 광채가 났다.

이렇게 환생하려고 질긴 속세의 끈을 부여잡고 몸부림을 쳤던가, 아궁이에 장작이 타들어 가듯이 요동치며 버티던 삶의 정착이 이리도 돌아 흐르는 도래샘과 같았는가. 제 몸을 다 태운 안과 겉이 없는 재의 모습이라야 풍파를 잠재울 수 있었을까. 찰나에 스치는 많은 생각에 스님을 제대로 바라볼 수가 없었다. 열 살 아래의 동생에게 삶의 고단함 때문에 업이 쌓여 간다는 편지를 부치던 언니를 그때는 온전히 이해를 못 했다. 세속의 집착과 욕심을 버린 언니는 모든 것을 벗어버린 우화羽化의 모습으로 내 앞에 서 있었다. 한참을 멍하니 서서 혀 속에 잠긴 말을 뱉지도 못하였다.

명함판 흑백사진이 유행하던 시절이었다. 하얀 블라우스에 활짝 핀 미소를 띤 언니의 사진을 기억한다. 봄 햇살이 인심 좋게 내리쬐던 때라 블라우스 색깔만큼이나 밝아 보이던 얼굴이었다. 어렸던 난 세상에서 언니가 가장 예쁜 사람이라 생각했다. 한 부모에게서 태어났지만 내게 언니는 존재가치가 달랐다. 언니가 하는 말과 행동은 경이였다. 언니가 만들어 준 음식은 무엇이든 일류 요리사의 작품이었다.

밀가루 반죽을 연탄불 뚜껑 위에서 발효시켜 찌는 찐빵의 맛은 지금 어느 빵집에서도 맛볼 수가 없다. 틈만 나면 공부를 하는 언니의 모습에서 선생님의 분위기가 느껴졌다. 그런 언니와 함께 길을 걸어갈 때면 저절로 목에 힘을 줬다. 일하시느라 비워진 엄마의 자리를 충분히 채워 준 언니는 엄마보다 더 가까웠다.

언니는 스물이 갓 넘은 나이에 결혼했다. 내 눈에 예쁘면 남의 눈에도 예쁘게 보였을까, 언니를 따르던 남자들을 어스름이 기억한다. 그중 준수한 외모에 언니를 편안하게 사랑해 줄 것 같은 사람과 결혼했다. 넘치는 것은 모자라는 것보다 못한지라, 지나친 애정은 집착으로 변해 갔다. 사사로운 일에도 간섭받던 언니는 삭정이처럼 말라갔다. 언제나 그늘에서 작은 소리로 작은 몸짓으로 생활했다.

언니가 유일하게 자유로울 수 있었던 시간은 책을 읽는 동안이었다. 그러면서 불경 서적을 탐독하며 마음의 위안을 얻어 갔다. 그래도 고통의 굴레를 벗어날 수가 없었던 언니는 결국 수행의 길로 들어섰다. 침잠된 정신을 하나씩 끌어올려 맑은 정신 세계로 이르게 하는 길이 어찌 쉬웠겠나. 사람이기에 지어 놓은 업을 씻어 내기가 가볍지만은 않았으리라. 좌선과 합장으로 마음을 모아 심중의 묵은 때를 하나씩 사위어내는 일이 쉽지는 않았을 터이다.

불가에 귀의한 언니를 만나면서 하나씩 맥이 잡히는 생각들이 씨실과 날실이 교직 되듯 정리되었다. 언니를 언니라 부르지 못하게 된 그날, 하늘의 구름은 바람 없이도 흔들리는 것 같았다. 어질러진 심신에서 드렁칡같이 얽힌 속세의 인연을 끊기 위한 자신과의 싸움이 얼마나 버거웠을까? 고행으로 수행을 닦아 무소유의 시심을 채운다는 것이 어찌 쉬웠을까? 사바세계의 널브러진 풍요 한 조각도 누리지 못하고 물욕을 버려야 하는 수도승의 길을 택한 언니다.

가부좌한 스님이 법당 앞에 앉아 있다. 목탁 소리와 함께 염불한다. 도량에 줄지어 앉은 신도들의 마음도 하나가 된다. 힘이 들어간 스님의 뒷모습은 아귀차 보인다. 청아하게 읊는 예불은 목탁 소리와 어우러져 밀려오고 밀려가는 세상의 풍파를 잠재우고 있다. 탐욕의 일생은 회한만 남길 뿐이니 부질없는 욕심은 버리라 한다. 세속의 부귀에 익숙해진 중생들은 무상함을 깨닫고 아파하지 말고 욕심을 버리라 한다. 깨닫지 못하면 행복과 불행을 구분하지 못한다는 스님의 말씀이 심금을 울리고 귓전을 맴돈다.

여명이 밝아 오듯 나의 오감이 하나씩 열리는 것 같았다. 어느새 나는 스님의 염불을 따라 하고 있었다. 바라만 보았던 우화의 모습에 나도 젖어가고 있었다. 여기가 그리도 힘겹게 찾아 헤매던 도래샘이란 말인가. 자신의 힘거움이 타인에게 위안으로 전해질 수 있다면 물길을 찾아 돌고 돌아 안착한들 숨이 차다 하겠는가. 온전히 솟아내는 샘 같아 염불을 듣는 내내 합장한 나의 두 손에 절로 힘이 들어가 있음을 느꼈다.

각각의 생명을 품고 있는 저 푸른 산은 생각이 깊었던지 갈망하는 인간의 소망까지도 품어 주었나 보다. 생을 분분하게 노래하는 산새 소리와 함께 다른 이들을 비나리하는 스님의 목탁 소리가 평온한 선율이 된다. 절간 마당에는 누런 고양이 한 마리가 느린 걸음으로 다가온다. 특별한 인연으로 스님에게만 안겨드는 고양이다. 염불이 귀에 익었다는 듯 법당 벽에 기대어 코를 가슴에 묻고 눕는다. 천천히 제 눈앞에 아른거리는 햇살을 응시하다 발바닥을 핥는다. 녀석도 많은 것을 바라보며 무탈하게 보낸 하루였으리라.

제각각 쓰고 매운 맛을 느끼며 하루를 부대껴 온 바람이 한결 의젓하다. 언제 이리도 많은 엽엽의 기운을 간직해 두고 일시에 내뿜고 있는지, 산사의 풍경에 속세의 갈증을 잊은 듯 잠시 세월을 내려놓는다. 나무들이 빚어낸 신선한 향기가 온몸으로 전해온다. 절간 담벼락에 똑똑 떨어져 가득 고인 도래샘이 찰랑찰랑 넘쳐 흐르고 있다. 아무것도 욕심내지 않는 이곳에서 지난 시간을 묻어버리고 피안의 세월을 스님은 쌓아가고 있다. 바람결에 청아한 풍경 소리도 산사를 다독이고 있다.

## 저녁 산사에서

떨어진 도토리가
소리 없이 나뒹구는 숲길
나무들이 하루를 마시고 뱉어낸
풀 냄새 흥건한 산길을 오른다.
노을을 삼키고 불어오는 바람에 맞서
느린 종처럼 울어대는 꿩은
낮은 날갯짓을 멈추고 저녁을 맞는다.
향내 퍼져 나는 산사에
낮고 길게 울리는
스님의 선량한 목탁 소리
악도 없고 적도 없는 이곳에
마당을 기웃거리며 다가서는 두꺼비도
그 소리에 걸음을 멈춘다.
검은 세상을 넘보며
스치다 지나온 피안의 둥근 달은
동자승처럼 느리고 투명한
산사를 무심히 밝히고 있다.

# 고금古今

하늘이 가깝다. 들판에서 시작한 바람이 감히 주산을 넘지 못하고 능선 끝에서 잠시 머뭇거린다.

능과 능 끝에서 서로 등지고 못 만나는 삼성參星과 상성처럼 말없이 나란하다. 매끈하게 선을 그은 듯 선명히 솟아오른 봉분은 미끄러져 내리는 햇살에 유난히 반짝인다. 오랜 세월 동안 역사를 거스르며 묵묵히 잠을 자고 있던 왕들의 호령이 산줄기를 타고 울려온다. 세월은 시간보다 더 많이 알고 있는지 알섬 같은 고분 속에 왕족이 잠들어 있는 주산은 이미 위엄이 내려앉아 풀 한 포기의 흔들림조차 느껴지지 않는다.

우리나라 최초로 발굴된 순장 묘 앞에서는 더 가까이 다가설 수 없을 정도의 기풍이 풍겨 나왔다. 하늘과 가까워 보이는 봉분의 끝은 어디쯤이 하늘 선인지 가늠할 수 없어 보는 이의 숨을 멎게 한다.

오랜 역사를 고스란히 품고 있는 저 고분, 고귀한 역사를 온전히 묻어 놓고 훗날까지 유구한 유산으로 지켜내느라 선조들의 움직임은 얼마나 분주했을까, 절대자의 죽음이 성스러운 공간 속에 잠들기 위해 수많은 사람을 순장해야 했던 그들만의 이상세계가 일말의 궁금증을 자아냈다. 사람을 재산으로 여겼던 그때, 이리도 많은 사람을 함께 묻었던 이유가 분명히 있었으리라.

고분을 실물 크기의 모습으로 재현한 왕릉전시관은 마치 어머니의 배 속으로 들어가는 것 같은 성역의 공간이었다. 둘러보는 발끝에 힘을 주며 낱알을 세어보듯 순장자들이 묻혔던 석묘를 눈에 담았다. 죽은 뒤에도 살아 있을 때처럼 영혼의 삶이 지속한다고 믿는 계세사상으로 행해진 순장 풍습은 과연 그 의미를 고스란히 보여 주고 있다. 산 자가 제명을 다하지 못하고 죽은 자를 따라야 했을 여지는 지배층의 권력 앞에서 어쩌지 못한 무력함이었을 것이다. 순응할 수밖에 없는 하층민의 삶이 현실처럼 살아나 가슴 저미기도 했다.

어쩌면 자신들이 절대자인 왕과 감히 함께 묻히는 것만으로도 선택되었다고 생각하지 않았을까. 지름 50m 가까이 넓은 공간의 능 안에서 내가 왕족이 된 것 같은 짧은 착각이 들었다. 불현듯 오래된 시간 속에서 아른거리는 작은 얼굴이 있다. 대가야

절대자의 능 안을 숨소리를 죽이며 둘러보다 무명 포대기에 둘둘 싸여 이름 모를 산에 묻힌 오래전 그 아이가 떠올랐다. 지금 어떠한 영혼으로 세상을 바라보고 있을까. 하늘이 가까운 곳에서 한 송이 들꽃으로 환생했을까?

내가 열세 살 때 어머니는 어렵다는 노산을 하셨다. 이웃도 모르게 태어난 아기는 환영받지 못한 서러움을 제대로 토해내지도 못하고 세상을 등지고 말았다. 울음 없는 아이를 만나게 되어서 그런지 어머니도 울지 않았다. 얼마의 시간이 흐른 뒤 어머니는 말없이 하얀 무명천으로 감싼 아기를 안고 뒷산으로 향했다.

한 번의 살가운 접촉도 없었던 아기 얼굴을 기억 속에 담고 살아오면서 내내 눈앞을 흐리게 했다. 오래전 아이가 묻힌 곳을 더듬어 찾아간 적이 있었다. 이름도 봉분도 없이 자연과 함께 자리한 낮은 돌무덤을 기억해 냈다. 앞에 서 있노라니 돌 틈 사이에서 서걱이는 울음이 들리는 듯했다.

이 거대한 왕의 무덤 안에서 미물로 사라진 그 아이가 생각나는 연유가 무엇일까, 불현듯 시대와 상관없이 계층의 차이가 생각이 났다. 절대자인 왕, 그를 따르는 순장자들이 함께한 생의 마감이 있었기에 오랜 세월이 흘렀어도 기억이 되는 것인가. 과거에 대한 존중과 현재에 대한 가치가 공존하는 시간 앞에서 공기가 무겁게 내려앉아 있었다. 천지의 변화에 무력한 것이 인간이고 거스를 수 없는 것이 세월이기에 나라를 만들어가고 역사를 이어가면서 방점이 될 수 있는 역할이 새삼 소중하게 느껴졌다.

기억되는 삶과 잊히는 삶. 나는 과연 어떤 삶을 살고 있을까. 바위 옆에 서 있는 소나무는 바위가 그의 물줄기가 되듯이 소나무에 한 줄기의 물이 되는 역할을 하고 있는지 짚어 보게 된다. 왕의 영혼이 숨 쉬는 듯한 왕릉 속에서 엄숙히 나를 반추해 보기도 했다. 고분 전시관 내부를 디디던 발걸음이 점점 더 무거워지는 것을 느꼈다. 고분 안을 감돌던 말 없는 자들의 숨소리가 책망하는 깨달음으로 느껴져 마음의 무게를 가중시켰으리라. 해가 진다고 해서 시간이 멈추는 것은 아닐 터, 바람의 길을 따라 발자국이 시간을 돌려서 세워 놓은 듯하다. 일말의 가치도 존중하는 삶, 나의 존재보다 상대를 더 평가하는 삶을 살아야 함을 새삼 깨닫는다.

성스러운 공간을 빠져나와 현실 속에 서 있었지만, 곳곳에서 창과 방패를 들고 전사들이 함성을 지르며 뛰쳐나올 것만 같은 대가야를 둘러본다. 가야는 미오야마국, 반로국이라 불리다 점차 가락국으로 불리었다. 그 후로도 오랜 뒤 가야국이 되었다고 한다. 수많은 전사자가 피를 흘리며 지켜내려고 애썼던 대가야, 우리의 역사 교과서에서 그리 많은 분량이 할애되지는 않지만 대가야는 살아 있었다. 그것도 우리 가까이에서 마주하고 있다.

영속한 잠을 자는 미라처럼 이리도 선연히 내 앞에 바투 다가서 있다.

왕과 지배층 무덤에서 발견한 껴묻거리를 보면서 대국의 위용을 느낄 수 있었다. 大王이라는 글자가 새겨진 목 긴 항아리에서 대가야는 대왕의 나라다운 입지가 있었다는 것을 알 수 있었다. 끝에 이르렀을 때 홀로 걸어온 길이 아니었음을 새김질한다. 장중한 세월이 흐른 지금까지 이 모든 것을 감쌀 수 있는 대가야라는 왕국을 숨 쉬게 살려 놓은 것은 후손들의 발자취가 헛되지 않았기 때문이리라.

영원히 존재하는 왕국의 왕릉과 흔적 없이 사라져 흐린 기억 속에 맴도는 어머니의 어린 핏덩이와 엄연히 대비되는 고금의 호흡을 느꼈다. 흔적이야 없지만, 기억 속에 살아 있는 그 어린 것은 어디엔가 활발히 움직이는 영혼으로 지내고 있을 것이라 믿는다. 대가야 역사 속에서 왕족의 숨소리가 귓가를 울리는 듯하다. 그 곁에 잔바람처럼 아이의 낮은 숨소리도 스쳐 지난다.


여름 숲


잎새의 속삭임으로
바람을 일으키는

먹빛 그늘 드리워진 산속
딱새와 호롱새의 발성 연습에
갈라진 햇살마저 숨 고르기를 한다.
짧은 일생에 아쉬움을
목 놓아 우는 것에만 힘을 다 써버린
매미가 풀어 놓는 이별가도 만난다.
힘겹게 몰아치는 풀벌레의 울음 속엔
묵뫼를 뒤덮은 잡초가 흔들리고
이따금, 후련한 숲 향이 코를 찌른다.
후다닥-
청솔모의 재빠른 몸놀림에
놀란 솔방울이 가슴 졸이다
툭, 툭 떨어진다.
세월을 내려놓는 소리
마음으로 오가는 고금의 흐릿함은
사각사각
먼 기억을 끄집어내어
하나의 그림을 완성한다.
여름 숲의 산모퉁이에서

# 신발

저녁 설거지를 끝내고 세탁실 문을 열었다. 그곳에 익숙지 않은 모습으로 쪼그리고 앉은 남편의 모습이 보인다. 순간 머뭇거렸다. 바람이 얼굴을 훑고 지나는 것 같다.

엉덩이를 반쯤 들고 앉아 뻣뻣한 손놀림으로 신중히 솔을 문지르고 있었다. 평소에 만나지 못한 모습이라 멈칫하며 서서 한참을 바라보았다. 가슴 저 아래서부터 무엇인가 혹 울대를 치밀고 올랐다. 걸레 하나 손끝에 쥐어보지 않던 양반이 자식의 신발은 감싸 쥐고 비누 묻은 솔을 문지르고 있지 않는가, 선연히 날을 세우며 꼿꼿하던 성품과는 대조적이라 오히려 마음이 짠했다. 무엇이 남편을 이리도 유유하게 만들었을까?

사람이 든 자리는 몰라도 난 자리는 크게 느껴지는 것이라 했다. 남편은 아들이 자리를 비우고서야 아들과 함께 지낼 때

녹아들었던 소소한 일상의 아쉬움을 크게 느꼈다. 무엇보다도 아들은 고등학교까지 내내 공부를 하면서도 컴퓨터 힘을 빌려야 하는 남편의 업무를 대신해 주었던 구순한 이유도 한몫하였다.

깜냥대로 비교적 날렵하고 매끈하게 일 처리를 해주는 아들이 남편에게는 큰 힘이 되었다. 공사견적서, 자재 원가 변동 가격 등 아들이 하는 일이 제법 많았다. 어떤 일을 시켜도 복잡하지 않고 명쾌하게 해결해 주는 아들이라 남편은 사무실의 어느 경리사원보다도 실팍하게 여겼다. 병을 앓는다는 수험생 때도 싫다 하지 않고 남편 일과 자신의 공부를 병행하며 무난하게 보냈다.

대저 조급하면서 날렵하여 화를 잘 내는 성질의 남편을 상황에 딱 맞게 맞추기란 쉬운 일이 아니었다. 그런 아들에게 남편은 자신의 성격을 잘 파악하고 견딘다면 사회생활도 잘 할 수 있을 거라는 변명을 아들의 칭찬처럼 했다. 자식을 힘들게 해서 마음 아프지 않은 부모가 어디 있으랴마는 속내는 자식에 대한 사랑이 넘쳤다는 것을 아들은 감지했을 것이다

주방을 통해 남편의 모습을 훔쳐보면서 표정을 살핀다. 운동화 안쪽과 바깥쪽을 속속히 잔솔질을 한다. 젖은 신발을 이리저리 돌려가며 하얗게 될 때까지 문지르는 남편의 마음에 어떤 생각이 들어 있을까? 평소 아들에게 효도 받으며 살았다고 생각

하던 아비의 표현일까. 더 탄탄하게 걷고 있는 가멸찬 모습이 대견하여 말로써 표현하지 못한 쑥스러움을 저리도 구정물에 맨손 적시는 걸까? 남편을 측은하게 바라보았던 마음과 달리 아들에 대한 남편의 애정이 고마워진다.

"아들, 신발 좀 씻어서 신고 다니지, 오죽하면 아버지가 손수 씻겠어?"

남편은 멋쩍은 듯 힐끔 나를 바라본다. 운동화 끈을 비누 거품으로 부풀려 놓고 두 손바닥으로 비빈다. 부풀어 오르는 거품 속에 꼬질한 땟물이 밀려 나온다. 험난한 세상에서 탈선하지 않고 이겨나가는 반듯하고 의젓한 아들의 어깨를 다독이듯 자꾸 비빈다. 남편은 엄격했던 아비의 잣대에 맞추며 묵묵히 따라와 준 아들에 무언의 고마움을 담아 땟물을 헹구어 내는 듯하다. 아들이 자신의 역할을 소화해 내기에 제법 힘들었을 텐데 불만을 토로한 적이 없었던 것에 또한 고마워하지 않았을까.

남편이 아들을 엄격하게 대할 때 곁에서 지켜봐야 하는 나는 안타까울 때가 잦았다. 원칙을 고수하며 각진 모서리 같은 남편의 성격에 반해 올 고운 비단결 같은 아들의 성격이 부딪힐 때면 아비의 위상도 세워야 하고 아들의 심중도 헤아려야 하는 엄마의 위치는 노심초사였다. 까칠한 완고함 속에 녹아든 진실한 사랑을 느끼게 되었을까.

"말없이 마시는 한 잔의 술을 통해 세상이 험하다는 것을 알게 되었고, 묵묵히 앞서 걸어가시는 아버지의 뒷모습을 통해 사랑을 알게 되었다."

아들의 메모장에서 발견했던 글귀를 읽으면서 마음 짠하게 내려놓았던 것을 기억했다. 아무리 모성을 대변하며 보폭을 넓힌들 그림자를 떨쳐내지 않는 나무 같은 아비의 깊이를 따라갈 수 있으랴.

남편은 한참이 지나서야 신발을 다 씻었다. 맑은 물이 우러나올 때까지 행군 신발을 달빛 비치는 베란다에 걸쳐 놓았다. 달빛과 밤바람에 저 신발의 습기는 다 날아가겠지. 아침 일찍부터 밤늦게까지 강의실과 도서관을 오가며 배어들었을 아들의 눅은 땀도 함께 날아가기를 남편은 바랐을 것이다. 신발을 꾹꾹 누르고 뒤집기도 하며 서 있는 남편의 모습이 달빛을 받아 온유한 그림자로 일렁인다. 세월이 녹여 놓은 남편의 모습을 바라보는 내 마음이 풀을 솎아 놓은 들을 바라보듯 흐뭇하다.

아비의 속정이 녹아들었을까? 다음 날 제법 구덕구덕하게 마른 신발을 남편은 양다리 사이에 품고 앉아 끈을 끼운다. 한 칸씩 끼우는 모습이 마치 아귀찬 아비의 마음을 아들에게 꾹꾹 심어 주는 것 같다. 듣고 흘려버릴 말은 아무리 달아도 무슨 소용이 있겠나. 평소 말은 없으나 옹골찬 아비의 행동을 통해 느끼며 자라지 않았던가. 훌륭한 부모가 된다는 것은 참으로 힘들지만 존중받는 부모로 살아간다는 것은 거짓 없는 모습을 보여 주고 성실하게 살아가는 게 아닐까? 아마 아들은 이런 아비를 통해서 뜻을 받아들였으리라.

하얀 신발을 신는 아들의 표정이 밝다. 여러 달 만에 만나 겨우 이틀 머물고 떠나지만 푸근하게 쉬었다는 얼굴이다. 말 없는 아비의 심중도 헤아렸으리라. 총총히 조여 맨 신발 끈처럼 단단한 신발을 신고 다시 제자리로 가서 대들보의 뜻을 굳히길 바라는 마음이다. 밝은 표정으로 현관문을 훌쩍 열고 힘 있게 나가는 아들의 발걸음이 한결 가볍게 느껴진다.

# 기억을 새기다

　　과거의 기억 속에 흔들리는 것은 가벼움에도 무게를 느끼는 일이다. 그 기억이 단단한 동아줄처럼 중한 느낌으로 다가와 마음을 담금질할 수 있는 계기가 된다면 저문 강에 흐르는 회상의 물소리로 여겨질 수도 있다. 더구나 들숨과 날숨이 이어지는 곡진한 긴장을 느낄 때 더욱 경건해질 것이다.

　　나뭇가지 사이사이 길이 열렸다. 머뭇거림 없이 지나던 햇빛이 발을 헛디뎠는지 나무 아래로 햇살이 쏟아진다. 청송이 주인처럼 반기는 계단을 층층이 힘주어 오른다. 딛는 발끝에 힘을 실었는지 엄살 부리는 아이처럼 때아닌 배의 통증을 느낀다. 태를 만난다는 선견에 아랫배 쪽으로 힘이 실렸나 보다. 목적지를 정해 놓고 찾아오는 동안 머릿속을 헤엄쳐 다니는 궁금증이 멈추지 않았다. 오르는 내내 펼쳐진 풍광보다 머릿속에 떠오르는 미묘한 감정으로 인해 미세하게 심장이 떨리고 있음을 감지했다.

한양 천리에서 이곳 경북 성주까지 세종은 고샅 같은 평온한 기운을 감지하였을까? 첩첩산중이나 선경인 이곳에 대왕의 적자 왕자들이 안착한 태실 묘는 경건하다. 태실을 감싸고 있는 산은 첩첩이 펼쳐진 산수화 병풍이다. 높고 낮음이 고르게 둘러싸인 안정감이 인위적으로 크기를 다듬어 손질해 놓은 듯 정갈하다.

소나무 사이로 올려다본 하늘은 세월을 품은 듯 구름이 흐르고 있다. 햇살은 태실 묘를 향해 발산하듯이 굴절 없이 반짝였다. 육백 년을 거스르고 있는 이곳을 온전히 지키기 위한 하늘의 다함을 그 빛만으로도 가늠할 수가 있다. 태를 기억하는 빛은 무한의 세월이 흘러도 변함이 없다.

주방 한편에 오래된 항아리가 시선을 끌어당긴다. 신혼 살림으로 행상을 하시던 어머님께서 사다 주신 것이다. 김치도 된장 담그기에도 어중간하여 비워 놓고 장식으로 보관하고 있었다. 가끔 쌓인 먼지를 닦을 때면 절로 항아리를 어루만지게 된다. 그때마다 희미해져 가는 어머님의 기억을 되살린다.

분주히 움직이는 사람이 더 많은 일을 겪게 되는지 행상을 하시며 시골 살림까지 하시던 어머님은 봄꽃이 질 무렵 장터에서 쓰러져 위기를 맞으셨다. 짐을 들어 올리다 부대끼는 무게를 이기지 못해서 쓰러지고 말았다. 왜소한 몸으로 지탱해 왔던 노동의 막중함이 더 이상의 수위를 넘기지 못한 것이다.

때와 맞물려 내 몸에서는 태동을 느끼게 되었다. 새 생명은 점점 선명해지는데 어머님의 호흡은 가빴다. 호흡은 흐린 의식으로 이어지고 말문도 점점 좁혀갔다. 회생의 간절함으로 가족은 일제히 어머니 얼굴과 몸 전체의 반응을 응시하는 일이 반복되었다. 그러한 순간에도 내 배 속 아이는 자라고 있었다. 태와 태는 보이지 않은 끈으로 줄 당기기를 하며 하나의 태는 힘을 잃어가고 하나의 태는 점점 힘을 싣고 있었다. 태아가 자랄수록 어머님의 병세는 먼 길을 재촉하듯 숨 고르기 시작했다. 막내며느리가 되고 나서 고부의 간극을 좁힐 시간도 갖지 못했는데 멀어지고 있었다.

배 쪽으로 손이 간다. 이르게 불어오는 바람이 흠씬 가을 향을 실었다. 세월이 유속과 같이 흘렀건만 향기는 오랜 사람과 마주하고 있는 듯하다. 가쁜 숨을 몰아쉬다가 떠나신 어머님의 온기는 좀 전에 불던 바람처럼 숨결이 느껴진다. 왜소한 몸, 가느다란 숨소리 앞에서는 더욱 연약했던 바람이었다. 남겨진 흔적은 오도카니 봉분 하나이기에 바람도 짧게 머물다 갈 것이다. 어머님과 길지 않은 만남이었으나 이리도 오랫동안 선명히 기억되는 것은 작은 몸짓에도 깊숙한 울림이 남았기 때문이리라.

지난 벌초 때 태를 이어 성장한 아이와 잠들어 계신 어머님

산소를 만났다. 숲에 가리어 형태를 찾기에도 어려웠다. 어머님 묘는 나무가 우거지고 풀이 영글며 보호받고 있었다. 묘 안에서 풀과 나무들의 몸짓을 통해 아이가 전하는 이야기가 있었을 것이다. 당신의 자녀들은 물림 해주신 정을 북돋우며 기억을 새기며 살아가고 있다고, 숲과 나무의 온기가 도란대는 아늑한 자리에서 편안히 잠드시라고 말씀도 드렸다. 정돈된 묘에서 소리 없이 웃는 옴팡진 아이와 나란히 어머니의 표정을 겹쳐 본 듯했다.

태실묘 위에 구름 한 점이 잠시 머문다. 수많은 아픔의 역사를 공감한다는 듯 끄덕끄덕 흔들더니 사라진다. 오래된 화폭 위에 마지막 붓 터치를 하고 휙 사라지는 듯하다. 완성된 그림이다. 세월은 시간보다 더 많이 안다고 했던가? 긴 시간 동안 가라앉았던 말들이 먼지처럼 동동 떠오를 것 같아 발끝에 힘을 준다.

기억 끝에서 미세하게 전해오는 어머님의 온기를 촉각으로 되짚어 본다. 들리듯 들리지 않게 많은 말을 되뇐 것 같다. 가두었던 말을 모두 쏟아 낸 것처럼 마음이 가볍다. 표정에서도 말을 읽는 것일까? 초록의 태실 묘 앞에서 사위어간 많은 말을 찾은 것 같다. 솔방울 하나가 툭, 떨어져 발끝에서 머문다. 바람은 어지간히 불더니 잠시 주춤하다. 심장에서 팔딱이는 미세한 떨림을 느낀다.

# 약초를 달이며

한 움큼의 겨우살이를 덜어낸다. 잘 마른 것을 확인하고 토실하게 마른 대추도 한 움큼 함께 씻어 주전자에 담는다. 매번 손저울로 적당량을 재어 넣고 주전자 가득 물을 붓는다. 찬물에 담기어 뜨거워지고 끓어야만 조금씩 달여지는 약초다. 약초는 습기 하나 없이 잘 건조되어 서서히 다시 물을 빨아들이면서 말아 넣고 있던 내면을 풀어낸다. 찬물에 쏠려 들어 제자리를 찾지 못해 동동 떠다니다 끓어서 달여지는 과정을 통해 약효가 우러나며 서서히 가라앉는다. 아직은 달여짐이 약해 어지러이 떠다니는 모습은 길을 찾지 못한 아이 같다. 배움의 갈증을 풀기 위해 버둥대던 나의 지난 시절로 함께 떠다녀 본다.

배움의 갈망은 아이들이 자라면서 절실했다. 커가는 아이들이 지식이 늘어나면서 나의 무지가 드러날까 봐 더욱 배워야 한다는 생각이 들었다. 걸레를 손에 쥐고 청소하면서, 요리책을 펼쳐 그날의 메뉴 걱정을 하면서도 배움의 허기로 이리저리 떠돌았다. 만학에 입문하고 국문학이라는 두꺼운 전공 서적을 만지게 됐다. 자율적인 방법의 학습을 마주했을 때 건조하게 말라 있던 나의 머리에서 서걱이는 소리가 들렸다.

메말라 있는 머리에 습도를 높이기 위해서는 달여지는 자극이 필요했다. 애초에는 진정한 배움의 갈망으로 책을 들여다본 것보다 보여 주기 위한 공부를 하지 않았나 싶었다. 하는 척하며 책을 끼고 다니고 남이 보는 앞에 책을 펴 놓곤 했던 상투적인 행동이 차츰 부끄러워졌다. 나의 지식을 쌓기 위한 공부는 그리 얄팍한 행동으로는 받아들이지를 못했다. 그렇게 허세로 공부하기에는 내 머리가 너무 비어 있음을 알았기 때문이다.

약초는 물속에서 오랜 시간 달여져야만 조금씩 약효가 우러난다. 은근한 약효가 우러나기 위한 과정은 낮게 오래 끓여지는 과정이다. 달여지지 않고서는 우러나지 않기 때문이다. 만학도의 고충을 딛고 헤쳐 나가기 위해서는 소용돌이치는 뜨거운 물살을 견디며 은근한 불이 필요했다. 서걱이는 건조한 머릿속이 조금씩 습한 기운으로 젖어 들게 하는 것은 조금씩 뜨거운 기운을 몸속으로 받아들여야 하는 일이었다.

아동문학을 배우기 위해 나갔던 첫 모임 장소에서였다. 많은 사람이 모여 있는 곳에 익숙하지 못한 나는 자기소개 차례를 기다리는 동안 두근거리는 심장이 터져 버리는 줄 알았다. 다른 이들은 자신을 돋보이게 아주 명쾌하게 소개했다. 나는 쭈뼛거리며 겨우 이름만 성급하게 말하고 앉아버렸다. 주전자 안에서 우려내기 전 겉돌며 둥둥 떠다니는 약초의 모습과 뭐가 달랐을까, 한참 달여짐을 통해 겨우살이의 쌉싸래한 맛과 대추의 들큰한 맛을 우려내기 전의 겉도는 마른 약초에 지나지 않았다.

결혼이라는 한정된 길을 접했을 때 그저 알뜰하게 살림 잘하고 아이 잘 키우는 역할에 충실하면 되는 줄 알았다. 시간이 흐르면서 머리에서 서걱이는 찬 바람 소리가 들렸다. 아이들의 옷을 뜨개질하고 재봉틀을 이용해 옷을 만들고 친절하게 설명된 요리책으로 음식을 만들면서도 분명히 어떤 한계를 느끼게 되었다. 비어 있는 공간을 채워 줄 또 다른 성취를 느끼고 싶은 갈망에 허덕였다. 한계를 넘어 도전해 보고 싶은 엄두가 조금씩 일었다.

약초는 한 번의 달여짐으로 끝나는 것이 아니라 두 번 세 번을 달여야 그 효력이 높다고 했다. 시작은 마른 몸이 찬물에 담기는 두려움 같은 것이지만 불이 댕겨지고 서서히 데워지면서 끓는 과정을 통하여 속 깊은 곳에 말라 있던 약효가 조금씩 우러나게 되었다. 그렇게 긴 시간 동안 낮은 열에서 달여지는 것이다.

대학 공부를 하면서 아동문학을 이어 배우고 논술지도 과정을 연결해 나갔다. 끓여짐을 통해서 공부의 의미를 알아가게 된 것이다. 완전하지는 않지만 그렇게 달여져 조금씩 우려내기 위한 과정으로 옮겨가게 되었다. 그동안 배운 것들을 총동원해서 남에게 전달하고 있는 지금의 나는 아직 한 번만 우려낸 약초에나 해당이 될 뿐이다. 하지만 시간이 흐를수록 노력에 약초를 첨가하여 진하게 우러날 것이라 믿는다.

어린아이들과 공부방에 앉아서 첫 수업을 하던 날 얕은 지식으로 누구를 가르친다는 황당한 용기를 감추어야 했다. 초롱한 눈망울을 가진 아이들이 "선생님!" 하고 부르는 순간 심장이 요동치는 소리를 들었다. 많이 부족한 내가 이 아이들 앞에서 그만큼의 지식을 전해주고 있는지, 아직 더 오래 달여져야 할 나는 등줄기에서 식은땀이 흐르고 있음을 감지했다.

적어도 동동 겉돌지는 말아야지, 낯설고 두려운 그 무엇을 만나게 되더라도 서걱이는 소리는 내지 말아야지. 결코 낯선 자리에서 뛰는 심장을 주체하지 못하는 용기 없는 나는 안 될 거라 마음먹었다. 내 안에 있는 것이 다시 두 번 세 번 달여지는 것과 부대끼며 효력을 나타내지 않겠나. 그전에는 겉으로 포장된 모습으로 인정받길 바랐다면 이제는 달여짐을 통해 진실이 우러나는 약물 같은 사람이 되고 싶었다.

집 안 가득 은근한 약초의 향기가 돌았다. 꽤 오랜 시간 낮은

불에 달였다. 제 몸이 뜨거운 물에 뒤섞이고 열기를 받아야만
역할을 다하는 것이 대견도 했다. 아직도 몇 번 더 우려낼 약초
를 체에 건져낸다. 젖어 있던 몸을 다시 말려야 하는 것들이다.
고맙게도 제 몸에서 풀어낸 성분으로 사람들의 건강을 살펴준
다. 여러 갈래의 인내 끝에 전하는 약효이다. 나 또한 내가 풀어
내는 미미한 것일지라도 나를 믿고 따르는 아이들에게 진한 효
험이 있는 가치 있는 약효로 전달될 수 있기를 소망한다.


## 곰국을 끓이며

슬픔은 보이지 않아도
우러나는 뽀얀 눈물
닦을 수 없어 그냥 흘립니다.
삶의 무게가 힘겨웠을수록
우려낼 것이 너무 많아
한 줌의 흙이 되지 못하고
제자리걸음만 맴돌고 있습니다.
회한의 몸부림에 쥐고 있던
햇살마저 풀어 놓고
기억 잃은 세월처럼

상처에 베인 영혼만

서서히 비워내고 있습니다.

마음속에 강이 있어

흘려도 흘려도 남아 있는 눈물은

가두지 않는 이야기가 되어

바람의 어깨를 빌려 시간 따라

흘러가고자 합니다.

작은 풀잎이 더 깊이 숨을 들이마시듯

젖은 몸 서로 다독이며

망초꽃 하얗게 스러지는

가벼운 바람이고자 합니다.

# 가시버시

　　닫혀 있는 문을 연다. 폐쇄공포증이라도 걸린 것일까. 닫혀 있는 방문만 바라보면 세상과 담을 쌓은 듯한 벽이 느껴져 숨이 막혀 온다. 보는 이도 없는데 감정을 잔뜩 싣고 힘주어 창문을 활짝 열어 버린다. 나이가 한 살씩 더해갈수록 답답함이 싫어진다. 마음속에서 반란이 꿈틀거리는 것을 느낄 때면 막힌 공간 그 어디라도 뚫고 싶다.

　언젠가부터 자신의 의지로 날개를 펼치고 바람을 가르며 나는 새를 보며 무한히 동경하기 시작했다. 산책하다 찍은 사진에서도 날고 있는 새를 포착한 게 많은 것도 우연은 아니다. 사춘기 소녀도 아니면서 아직 망상 속 주인공이 된 듯 환상의 그림을 그릴 때가 있다. 분명히 채우지 못한 삶에 대해 암묵적 불만이 있었으리라. 주마등처럼 스쳐 지나가는 크고 작은 생각들로 굵은 숨을 뱉어 본다.

호흡도 들숨과 날숨의 나눔으로 이루어진다. 남편이 분갈이 해서 심어놓은 춘란이 나를 바라보는 것 같아 호흡을 나누어 보려고 베란다로 나섰다. 물이 먹고 싶다는 건지 제자리가 아니라서 불편하다는 건지 터를 옮긴 지 얼마 되지 않아 다른 화초들과 달라 보여 자꾸 신경이 쓰인다. 투정 부리는 아이 달래듯 잎새를 다독인다. 이 화초를 분갈이하느라 웅크리고 앉아 손질하던 남편의 모습이 떠오른다.

요즘 전에 없던 행동들이 하나씩 늘어나면서 어색한 웃음을 짓게 한다. 화분은 내가 가꾸어야 하는 당연한 몫이라 생각하던 남편이었다. 말없이 어루만지며 화초와 교감을 나누던 모습에서 피식 웃게 된다. 가부장적이고 잔손질에 완고했던 남편이 집 안 곳곳에 쓰임새를 남긴다. 그가 안 보이는 자리 어디에서도 흘려놓은 체취를 느끼게 된다.

이것이 살아가는 발자취일까. 자국을 더듬듯 창문 틈새로 들어오는 바람에 잎끝이 살짝 흔들린다. 살가운 바람 기운이 몸을 가볍게 할 때가 있음을 의식한다. 샤워기로 뿌려서 청소해도 되는 베란다에 바가지로 물을 끼얹고 손걸레로 닦아가며 가벼이 몸을 움직인다. 바람에 실린 물 냄새가 한결 친근하게 느껴진다.

쉼 없이 움직이는 바람 같은 세월 앞에 의식하는 내 나이를 되짚어 본다. 닳기도 하고 지워지기도 한 지나온 시간 속에 부부 존재를 얼마나 느끼며 살았는지, 부부라는 이름으로 슬픔과 기쁨을 조우하며 다혈의 시간을 보내고 얻어진 것, 깨달은 건 무엇이었던가 생각해 본다. 답답해서 날아 보고 싶다며 불만을 토로했던 처음과 달리 조금의 아량 쪽으로 기우는 것이 참 가살스럽기도 하다. 더듬어 기억해 볼 때 남편과 난 참으로 맞는 것이 없는 부부이다.

남편은 문을 닫는 것을 좋아하고 난 여는 것을 좋아한다. 가끔은 일상에서 벗어나 새로운 환경에 적응해 보는 것을 원하지만 남편은 새로운 환경을 지독히도 싫어한다. 비 오는 날은 괜한 사색에 젖어 주름진 강물을 바라보고 싶지만, 남편은 비 내리는 날의 습한 기운을 싫어한다. 지극히 이성적인 남편에 반해서 나는 지나치게 감성적이다. 나는 라디오에서 흘러나오는 노랫소리와 영화를 좋아하지만, 남편은 그도 저도 싫어한다. 온종일 집에 있어도 수라상 한 차림만 있으면 노루잠 놀이에 하루를 보내는 아이처럼 지루하다는 말 한마디 없다. 이렇게 손바닥 앞면과 뒷면 같은 사람들이 만나 강산이 세 번 바뀌는 것을 지켜보며 살아왔다.

바닷바람이 훈훈했던 역 광장에서 운명적인 만남이 있던 그날, 비둘기가 터전을 이루고 삼라만상의 그릇됨을 모두 끌어올려 분해할 것 같은 분수가 있었다. 남편의 첫인상은 강직하게

곧은 넓은 어깨가 비둘기보다 더 멀리 날 것 같은 믿음이 보였다. 특별히 곰살궂은 면은 드러나지 않았으나 더께가 앉은 얼굴에서 풍기는 기운이 하늘을 치솟는 분수의 끝자락보다도 높이 오를 것 같았다. 힘찬 분수에서 떨어지는 물방울이 물안개처럼 내 눈 앞을 가리면서 환상에서 벗어나 현실을 직시하기에는 그리 오랜 시간이 걸리지 않았다. 남편을 만난 건 지극히 현실이었다.

어이없게도 설렘 없이도 결혼은 하게 되었다. 심드렁하게 시작한 결혼생활이 일말의 환상을 깨며 내 위치를 일찍 파악했다. 백마 탄 왕자가 눈먼 판단으로 나를 찾아주기를 바라던 환상을 벗겨 내는 시간도 짧았다. 부부는 닮아간다고 했던가. 네모인 채 각을 세우며 살다가 서로에게 부딪히며 마모되어 둥글게 변해 갔다. 눈물로 마음을 닦기도 하고 멀리 지평선의 신기루를 잡으려다 허망함을 느끼며 닳아갔다. 그렇게 닳아진 동그란 세월 안에서 꽤 많은 이야기로 기억을 채웠다.

그 기억을 헤집어 꺼내기보다 양파의 모습으로 간직하며 살아야 한다는 생각까지 많은 인내가 필요했다. 하나씩 껍질을 벗겨 내면 매운맛에 눈물이 뚝뚝 흘러내리지만 그대로 덮어두면 향기를 품은 채 겹겹이 다독이고 있다. 그렇게 의미 있게 서로의 등을 내어주는 의연함 속에 모자란 점을 감싸 주는 완숙함으로 변해 간다. 내가 불만이 있으면 상대도 분명히 불만이 있게 마련이다. 때로는 울분에 젖었을 땐 나를 누르고 살았다는 원성을 높이기도 했다. 감정이 실린 글을 줄줄이 옮겨 가며 눌러 온 순간들이 감정의 치료가 되었는지, 회한을 풀고 생각해 보면 남편은 나를 누른 것이 아니라 방향을 찾지 못하는 길치에게 길라잡이가 되어 준 것이다.

서로 호흡을 맞추고 손을 잡고 당겨 주면서 감정을 연소시키며 살아간다. 날마다 선이든 악이든 부딪힘이 있는 것이 삶이라는 것을 지금에서야 조금 알아간다. 서로 비집고 나오는 흰머리를 보며 옮겨 탈 수 없는 돛단배를 탔다는 생각도 든다. 해묵은 골동품처럼 곰삭은 된장처럼 그렇게 살아야 하는 것이 부부가 아니겠나.

퍽퍽한 두부 위에 묵은 김치를 얹어 소주 한잔 들이켜는 남편의 목덜미에서 축적된 삶의 뒤안길이 보인다. 지나친 감성을 지닌 아내를 이끌고 지극히 이성적인 노를 저으며 거친 풍랑을 넘어왔다. 안전한 항구에 도달시키기 위한 나래짓이 힘들었을 것이다. 소주 한 병이면 고급스러운 식당도 볼 곳 많은 여행지도 마다할 남편을 내가 일찍이 이해하지 못한 것이다.

이제 호흡도 나누고 보폭의 넓이도 재어가며 걸어야겠다. 어차피 날개가 생겨도 입는 법과 나는 법은 배워야 할 테니까.

# 짐

가방이 미어지게 짐을 쟁인다. 친정을 나설 때마다 챙기는 짐 꾸러미가 무거워진다. 나이 들어 좋은 것 필요 없다는 어머니는 선물로 들어온 것들을 제법 모으셨다. 종종 어머니를 찾게 되지만 횟수를 더할수록 짐의 부피는 늘어만 간다. 이것, 저것 챙겨 넣은 것이 내가 들고 가기에는 중량 초과다. 먹는 것부터 이번에는 생필품까지 쓰지 않고 모아 놓아 부피가 더 늘었다. 어머니가 챙겨주시는 짐 속에 털어 버리고자 하는 것이 세월이라는 생각이 문득 스친다. 이 나이에 좋은 것이 무슨 필요가 있느냐며 말끝을 흐릴 때면 어머니의 안색은 어두워진다.

늘 그늘진 곳을 서성이듯 일생을 살아오신 어머니, 힘겨움의 순간이 없는 인생은 단조롭고 깊이가 없다고 한다. 하지만 어머니 삶은 온전히 수액이 빠져나간 나무 같았다. 세상살이 중 헛것은 하나도 없다며 살아오신 어머니시다. 팔순이 넘도록 한 순간도 제자리에 머무는 법을 모르고 사셨던 어머니가 바람 같아 휑하니 마음자리에 찬 기운이 스며든다. 나도 어느 면에서는 어머니의 그림자를 밟고 있다는 생각에 마음이 들썽한다.

지난 세월 동안 자식들은 드므에 물을 쏟아붓듯 어머니 치마 폭에다 얼마나 많은 근심을 안겨 드렸을까. 자식이라는 이름으로 살아온 세월만큼 어머니에게는 버거운 무게가 되지 않았을까. 늘 온전한 모습으로 살아주길 기도하시는 어머니가 아니었던가. 삶을 가멸게 하는 가을 같은 모습을 보여 드리며 살아야 하거늘 쉴 새 없이 궁싯거리다 바동거리며 사는 모습만 보셨으니 그저 죄스러울 뿐이다.

공성이 나도록 챙겨주시는 짐을 내가 구태여 받아들고 팔이 저리게 들고 온 것은 어머니의 마음을 조금이라도 기쁘게 해 드리고 싶어서이다. 아무리 주어도 더 주고 싶은 내어줌이 자식에 대한 사랑이라는 것을 느끼게 해주신 어머니가 아니셨나. 그런 연유로 챙겨주시는 것 무엇 하나라도 허투루 할 수가 없었다. 옅어서 안쓰럽고 또한 짙어서 애잔한 마음은 금할 수가 없는 것이 사랑이었으니.

큰아이를 낳고 얼마 되지 않아서였다. 아직 남편과 서로 기운 싸움에 밀고 당기기를 할 신혼 때라 잦은 다툼이 있었다. 부부

싸움이란 대저 사소한 것으로 시작해서 감정 싸움으로 치닫게 되는 것이 아닌가. 그날은 내가 좀 과감했다. 한 번 대들기 시작하니 다음 행동은 겁 없이 이어졌다. 먹 구름이 바람에 이동하는 모습처럼 산만했다.

뚝벌씨 같은 성격을 더는 감당하기 버거웠다. 남편의 성격에 쉽사리 적응하기 힘들었다. 고주망태가 되어 들어온 어느 날 이어질 것 같은 언쟁이 두려워 아이를 업고 커다란 가방을 끌고 친정집으로 들어섰다. 어머니에게는 그 짐이 그리 반가운 것은 아니었을 것이다. 내가 가방을 내동댕이치며 분을 삭이지 못했을 때 어머니는 태연하셨다. 남편을 탓하는 말씀 한마디 없이 오히려 나를 나무라셨다.

누구를 사랑하는 것은 이해가 먼저 수반되어야 한다고 하셨다. 이렇게 짐을 가벼이 여기고 되돌아와서는 안 된다며 호통을 치셨다. 참으며 이해하는 삶은 무거운 것이라며 그것을 피하려고 가벼이 짐을 꾸려서는 안 된다는 말씀이셨다. 어머니의 냉엄한 말투에 상심했던 나는 삶과 화해한다는 것은 싸우기만큼 어렵다는 것을 절실히 느끼고 눈물을 삼키며 발길을 돌릴 수밖에 없었다.

그때 만약 딸만 힘든 것처럼 위로하고 걱정하셨다면 지금의 내 자리가 있었을까 자문해 보게 된다. 어쩌면 내 역할을 온전하게 해내지 못하는 불상사가 생겼을지 모를 일이다. 어머니는 유속이 빠른 강물에 물고기가 살 수 없다는 진리를 알고 계셨다. 참새가 봉황의 뜻을 어찌 알겠나. 어설픈 나의 '유위부족'이 우물 같은 어머니의 심안을 얼마나 들여다보겠는가. 크게 소리 내지 않는 가르침을 일깨워 주신 유순하면서 올곧은 어머니를 새삼 알게 된 것이다.

나이 든 사람은 자신이 다시 젊어지기를 바라는 마음이 있지만 나 자신은 우습게도 나이 먹는다는 것을 깊이 생각하지 않고 살았다. 언젠가부터 딸에게 보낼 꾸러미를 챙기면서 엄마를 생각하게 되었다. 나의 행동이 꼭 엄마와 같다고 느껴질 때, 물림하며 살아가는 삶에 흠칫 놀랐다. 어머니가 주는 만큼의 사랑을 내 딸에게 전하고 있는지, 깊은 우물 같은 마음으로 살아가라 하신 대로 행하며 살아가는지 짚어 보게 된다.

어머니가 챙겨주시는 짐이 사랑이었을 것이다. 받아들이는 내가 의탁했던 세월의 짐에서 하나씩 벗어나려는 모습으로 받아들이는 것이 아니었던가. 제 몸 스스로 때리며 비행하는 새와 같은 어머니의 사랑을 그 나이가 되고서 깨닫게 된 것이 더없이 부끄럽다.

아픈 것을 더 굳게 끌어안아 저절로 삭일 줄 아는 깨달음과 세찬 풍파에도 사금으로 가라앉은 강물의 일렁임을 볼 수 있는 시야, 이 모든 것이 아직은 숙제이다. 어머니처럼 자식의 가슴 속에서 팔딱거리고 있는 조그만 심장의 느낌을 미세하게 포획

할 수 있는 지혜를 깨우친다면 온전히 엄마의 길을 걸었다고 말할 수 있으리.

오늘도 어머니처럼 딸에게 보낼 갖가지 꾸러미를 챙겼다. 어느 때부터 나도 새것만 보면 아껴두게 된다. 어머니의 모습을 떠올리면서 상자에 빈틈없이 꼭꼭 쟁여 넣어 우체국에서 부쳤다. 아직 나는 어머니보다 허술하기 짝이 없는 엄마이다. 하지만 언젠가는 내 딸도 나의 전철을 밟으며 사랑을 알아가겠지. 내가 아는 것이 있다면 얼마나 알며 또한 모르고 있다면 얼마나 더 깨달을 수 있을까? 또 한 번 마음이 울렁거린다.

담장 아래 쏠려 다니는 낙엽을 보면서도 어머니를 생각한다. 종내에는 당신과 같은 삶을 살지 말라고 당부하셨지만 역시 그 길이 가장 안전한 길인 줄 알고 시나브로 따라 걷고 있지 않은가. 나 또한 새것을 아끼고 헌것을 고집하는 모습으로 딸에게 비치겠지. 그러면 이 세상에 존재하는 모든 것들이 누군가의 뜨끈한 눈물에 의해서 만들어진다는 것을 알아가겠지.

어머니께 전화하고 싶어진다. 노존이라는 것을 까맣게 잊고 어린아이처럼 어리광 부리며 많은 이야기를 했던 지난날이 가슴 시리도록 그립다. 긴 통화 끝에 잊지 않는 말씀, "너 언제 올래?" 그 목소리도 듣고 싶다. 이미 주고 싶어 챙겨 놓은 꾸러미가 쌓여 가고 있다는 말이셨다. 병환 중이셨던 어머니 목소리의 방향을 잃은 바람 소리가 들리는 듯하다. 고삐를 놓아버린 듯 여유롭던 어머니의 웃는 모습을 떠올린다. 알고 보면 세상 전체를 다 뒤져봐도 영원한 것이란 없다는 말이 떠올라 초조한 마음에 매 순간 먹먹해진다.

언제나 딸을 통해 내 어머니를 그리워하고 심경을 헤아리게 된다. 엄마라는 위치가 이렇듯 위아래로 짐을 지고 살아가는 것인가? 내려놓지도 못하고 내려놓아도 무거운 짐 꾸러미가 되는 연유를 되새기게 되니 말이다. 가벼이 해서는 안 되는 짐을 지고 우리는 깨닫기도 돌아보기도 하며 그렇게 성숙해 가는 것인가 보다.

# 길

아파트 베란다에 기대어서 바깥을 바라본다. 절벽 같은 아파트가 사방으로 둘러싸여 있다. 높은 아파트에 비교해 턱없이 작아 보이는 길은 사람들이 오고 가는 길이다. 작은 물체 같은 사람들은 걸음을 부산히 움직이며 좁은 입구를 들어간다. 마치 그 모습이 고래 입 속으로 속속 삼켜지는 물고기 같다. 비록 사람이 미물로 보였더라도 제 길을 찾아들었음에는 안타까워할 연유가 없으리라.

하늘에 삐죽이 눈썹달이 고개를 들이밀던 산책길이었다. 공원 주변 넓지 않은 차도에서 사고가 났다. 어둠 짙은 숲에서 뛰쳐나온 길고양이가 도로를 향해 달려갔다. 자동차와 고양이가 부딪히는 소리가 산책길의 정적을 깨뜨렸다. 바퀴 달린 자동차는 반응도 없이 달려가 버리고 피해자가 된 고양이는 차에 치여 비틀거렸다. 도심의 관심은 어린 생명 따위에게는 눈길도 주지 않았다. 흔히 있는 일이라 생각하는 듯 무심히 가던 길만 가고 있다.

차는 각자의 방향으로 달리고 사람들은 구경꾼에 불과했다. 나 역시 그 무리에 포함되어 내 길을 걸었을 뿐이었다. 사람들이 만들어 놓은 길 때문에 고양이는 방황하다 길을 잃었다. 덩그러니 홀로 남아 발버둥 치던 고양이는 내 시야에서 오래 어른거렸다. 안전한 곳을 헤매며 조금은 더 긴 수명을 이어 갔어야 했던 고양이, 어쩌면 방황 속에 눈치를 보며 살아가는 삶에 지쳐 안식하고 싶었을지도 모른다. 그래서 안식처를 찾는다는 것이 방향을 잘못 잡은 운전자처럼 차들이 질주하는 도로를 뛰어들었는지도 모를 일이다.

서울을 가기 위해 기차역에 갔을 때이다. 역 플랫폼 의자에 앉아 있는 나를 향해 뒤뚱뒤뚱 걸어오는 비둘기를 바라봤다. 사람에게 다가온 비둘기는 던져주는 먹이에 익숙한 눈치였다. 그 모습을 바라보며 나는 계속 먹이를 던져주었다. 콕콕 집어먹는 비둘기는 오염되어 가는 환경에서 스스로 버티기 위한 수단이 되었다. 사람에게 의지하며 살아갈 수밖에 없는 그네들은 이미 길을 잃고 말았다. 날갯짓하며 자연을 양탄자 삼아 먹이 사냥을 해야 할 비둘기들이 회색의 도심 속을 주뼛거리며 사람의 생활 속에 적응하고 있었다.

비둘기의 먹이가 자연에서만 생산되는 게 아니고 사람에게서도 얻을 수 있다고 믿은 건 언제부터였는지 모르겠다. 사람이 자연의 길을 막아 버린 것에 대한 보상이라도 받을 듯이 내 발밑을 종종거렸다. 도심을 누비며 생계를 의존하는 비둘기는 사람이 자신들이 영위해야 할 자연의 영역을 침범한 것을 알고 있었을까. 그래서 너무도 당당히 사람들의 일상에 접근하며 보상을 받을 듯이 살아가는 것인가. 평화의 상징으로 관습 속에 인정받으며 살아왔던 명예가 지금의 모습을 통해 한낱 길 잃은 새로 전락하는 순간이었다.

신은 누구에게도 완벽한 만족은 주는 것 같지 않다. 적절한 무게를 달아 흔들림의 기회를 만든다. 흔들림에서 평행선을 유지할 수 있다면 의지가 있는 것이다. 좋은 일 뒤에는 마가 끼어들게 마련이고 적당한 즐거움 뒤에는 견딜 수 있을 만큼의 고통이 따르는 심판을 내리는 것 같다. 풍족한 기쁨만 있다면 깨달음은 부족한 삶일 수도 있기에 그렇지 않을까. 언제나 저울 위에 서 있는 마음의 자세로 살아야 하는 것을, 그래서 평정을 유지할 줄 알아야 하는 것을 잊을 때가 많다.

길을 잃고 헤매는 것들이 사람이든 동물이든 많이 있다. 각기 다른 이유가 있겠지만 그 이유에는 모든 공평성이 있다는 생각이다. 헤매다 좌절하던 길도 어느 정도의 시간이 흐르면 찾기도 한다. 내게 주어진 순간순간의 희비극들을 다 받아들이고 헤매

지 않는다면 말이다. 그러기 위해서는 스스로 새로운 길을 찾아
가는 좋은 안내판을 찾아내는 시안이 필요하다.


## 가을 맞이

일생을 소리 내어 우는 것에만
힘을 다 써버린
매미의 요란한 최후를 맞으며
소슬한 갈대 바람이 불어온다.
유난히 끝자락에서 허둥댔던
여름날의 기억들은
연기처럼 흔들리며 사라져
환영으로 어른거리고
습기는 조금씩 증발하여
바람에 햇볕에 부딪히며
어둠을 탈색시켜
젖은 마음을 말린다.
이제 겸손한 낙엽들이 뒹굴면
노을 등진 갈 숲이 수런대는
강이 내다보이는 등나무 찻집에서

온기 가득 찬 커피를 마셔야지
내 삶의 그윽한 향기를 음미하면서

# 목소리

생활 속의 소리는 다양하다. 많은 소리 중에서 한 번쯤 더 듣고 싶은 것이 있고, 그다지 듣고 싶지 않은 것도 있다. 특히 전화기를 타고 흐르는 사람의 목소리에 울림이 있는 소리는 왠지 정감이 간다. 그 울림으로 오래 수화기를 붙잡고 있어야 할지, 그냥 끊어야 할지, 판가름하기 어려울 때도 있다. 그렇게 소통할 수 있는 무언가가 들리지 않을 때는 먹먹한 마음이 불안으로 몰고 간다.

딸아이가 대학 다닐 때 짧은 기간 영국 연수를 떠났다. 제법 시차가 있는 곳이라 딸과 소통할 수 있는 시간을 시간표를 그려 맞추고 있었다. 기차를 타고 가면 만날 수 있는 서울에 있을 때와는 사뭇 다른 느낌이라 노심초사였다. 비행기를 타고 날아간 아이는 낯선 또 다른 세상에서 허우적대고 있을 것 같은 노파심이 밀려왔다. 서로 딱 맞는 시간을 맞추어 놓고 목소리 한 번 듣기 위해 간밤에 잠을 설쳤다. 지금은 카카오라는 매체로 무료 통화도 언제든 가능하지만, 국제전화 요금이 있을 때라 무료로 가능한 인터넷 통화를 시도했다.

컴퓨터라는 문명의 이기 앞에서 사람의 온기를 느끼기 위해 이어폰을 꽂고 마이크를 끼웠다. 신호음이 울리며 통화 중이라는 메시지가 떴다. 예사롭게 부르던 딸의 이름보다 톤을 더 높여 간절하게 불렀다. 부르는 소리는 집 안을 울리는데 되들려오는 건 없다. 오지랖 넓은 나의 상상은 불안감을 고조시키기 시작했다.

평소에 아이들과 소통할 때 목소리부터 먼저 읽었다. 원만하게 소통하기 위해서는 감정이 중요했다. 그 감정이 표현되는 부분이 목소리라는 것을 알게 되었다. 목소리의 무게에 따라 아이의 기분을 헤아리게 되었다. 아이가 평소에 가늘고 경쾌한 목소리는 아니지만 맑고 안정된 톤에 익숙했다. 그렇기에 감정이 섞여 오감을 자극하는 소리는 금방 알아차릴 수 있었다. 안정된 목소리를 들어야 안심할 수 있기에 잠을 설쳐가며 신호를 보냈지만, 통화 불능상태의 경보 프롬프터가 껌벅거렸다.

통화를 하기 위해 컴퓨터에 속절없이 보낸 시간이 허망해졌다. 요금을 지불하더라도 전화 통화를 해야만 했다. 오금을 저리게 하는 국제전화 요금이 겁나 이리도 부산을 떨었나 싶었다.

진정 돈의 가치를 모르는 어리석음을 한탄하면서 전화기를 들었다. 먼 거리에 비해 그리 길지 않은 신호음이 울리고 아이의 목소리가 들려왔다.

"응, 엄마!"

평소의 맑고 안정된 톤으로 태연히 나를 불렀다. 그제야 불안을 키웠던 노파심을 녹여버린다. 나직이 대답하는 한마디에 꽃무늬를 그리며 날아가는 나비 바라보듯 그곳에서 아이의 생활을 읽어 버렸다.

아이들 앞에서 최소한 내 감정이 들키지 않게 무던히도 목소리에 신경을 기울였다. 때로는 마음을 감추며 덧칠했다. 사람의 목소리에도 각기 다른 색깔이 있다. 어둡고 침침할 때 무거운 색, 가볍고 경쾌할 때는 밝은 색깔을 느끼게 된다. 불현듯 내가 아닌 딸에게서 내 목소리를 발견하게 되었다.

어느 날, 사춘기를 맞고 있던 딸아이와 통화를 할 때였다. 내 몸의 일부분으로 저장되어 있던 내 목소리가 되돌아오는 듯한 환청을 느꼈다. 그러고 보니 딸아이의 전화 목소리를 나와 착각하는 사람들이 종종 있었던 것을 기억했다. 어쩌자고 엄마의 몸을 빌려 태어난 아이가 목소리까지 빌렸는지 미묘한 마음이 일었으나 순간, 아이로 말미암아서 듣게 되는 나의 소리는 정겨움으로 들렸다. 내가 느꼈던 나의 불만이 승화되어 아이를 통해서 나를 확인하게 된 것이다.

다음 날 다시 컴퓨터 앞에 앉았다. 기어코 딸과 무료 통화를 시도하기 위해 화면에 나타난 통화버튼을 계속 누른다. 딸이 있는 곳은 새벽 시간, 일어날 리 없다 생각하면서 보이지 않는 그리움은 집착을 부르는 것인지, 또 한 번 통화 버튼을 눌러 본다. 길게 신호음이 울렸다.

"응, 엄마!"

심장을 녹이는 것 같은 울림의 소리가 들려온다. 지극히도 안정된 목소리로 엄마라고 불렀다. 엄마로 불릴 때 비로소 느끼는 마음의 평화를 다시 느꼈다. 깊은 듯 긴 울림이 있는 아이의 목소리에서 잘 지내고 있는 것을 직감했다. 먼 곳에서 홀로 느끼게 될지 모르는 객창감으로 아이가 힘들어할 거라는 염려는 한마디의 소통으로 놓아버렸다. 인위적으로 전해주는 수많은 소리 중에서 사람의 소리, 내 아이가 나를 부르는 가장 안정된 소리가 울리고 있었다.

**3부**

푸른빛이 나는 속

# 서리태

검은콩을 뒤적인다. 속청이라 불리는 콩이다. 서리를 맞은 후에 수확해서 서리태라고도 한다. 까만 껍질 안에 연푸른빛의 속알이 검은 껍질과는 다른 느낌이 든다.

속 다르고 겉 다른 것들이 이것 말고도 여럿 있지만, 콩은 그저 콩이 주는 영양이 아닌 또 다른 신비한 영양으로 사람의 건강에 도움을 준다. 흰머리가 많은 남편에게 혹시 검은 머리가 새로이 나게 해주는 효력이 있을까 싶어 흑임자와 함께 가루를 우유에 타서 매일 챙겨준다. 마련했던 가루가 다 되어 지난가을 끝에 들여놓은 콩을 모두 쏟아 큰 소쿠리에 헤쳐 놓고 티를 고른다.

생명 줄인 자연에서 떨어져 나간 지가 꽤 오래되었는데 새까만 콩이 강아지 눈알처럼 반짝이는 것이 윤기가 난다. 더러는

제 모습으로 자라지 못하고 떨어져 나와 병자처럼 윤기를 잃은 것들도 섞여 있다. 이것들은 골라내 버려야 한다. 그 어떤 것이든 세상에 태어날 때는 다 제 역할이 있다. 이렇게 버려지는 콩은 그 역할을 다 못 한 것이 되어버린다. 하물며 사람에게서 본연의 역할을 다 못 하는 모습을 보았을 때는 측은지심이 사라지지 않는다. 서리태를 만날 때마다 속정 깊은 심성으로 남에게 도움이 되기를 원하며 살았으나 자신의 의지를 벗어난 윤기 잃은 콩처럼 떠나간 아주버님이 생각난다.

추석 명절이었다. 바람에 국화꽃 향기가 코끝을 스치는 날, 하늘이 높아 보였다. 투명한 햇살이 대청마루에 나란히 앉아 있는 손님 위로 뿌려졌다. 친지들은 햇살을 잡아 당겨가며 묵은 이야기를 나누었다. 차례를 모두 끝내고 성묘 가기 위해 준비하는 친지들 속에 큰아주버님은 안 계신다.

나는 아주버님을 대신할 꽃다발을 부스럭 부스럭 챙겨 들고 빈자리를 메우고 있었다. 내가 성묘 때마다 마련하는 꽃은 향기 없는 조화다. 변하지 않는 꽃을 통해 기억하는 모습들이 길게 남아 있기를 바라는 마음에서다. 드문드문 국화꽃이 갈바람에 흔들거리며 인사를 하는 산길을 삼삼오오 뒤를 따르며 올랐다. 이 길은 아주버님께서 지게 위에 무와 배추를 싣고 힘겹게 오르내렸던 길이었다. 경운기를 울려가며 짚단과 땔감을 싣고 다녔던 길이기도 하다.

내가 아주버님을 처음 뵌 곳도 이 언덕을 올라가서 나타나는 밭이었다. 따가운 태양을 머리에 이고 있어서인지 왜소한 체구가 땅에서 솟아오르는 열기를 감당하기 어려워 보였다. 상처 난 것을 본 것도 아닌데 아리고 따가움을 느꼈다. 아주버님은 어머님과 함께 고추밭에서 한여름 동안 일군 결실을 거두고 계셨다. 불쑥 밭으로 찾아온 도시 처녀의 등장에 어색한 미소로 인사를 대신했다. 깊은 웃음이 아니라 스치는 미소였다. 나는 반갑게 맞아 줄 것을 기대하며 밭까지 찾아간 것이 오히려 말하지 않아도 되는 말을 내뱉은 것처럼 민망했다. 그 후로도 아주버님의 주름까지 접히는 큰 웃음을 한 번도 본 적이 없다.

인연의 끈이 닿아서일까, 이유 없이 주고픈 사람이 있듯이 큰댁에는 무엇이든지 드려야만 할 것 같은 마음이 일었다. 네 명의 조카들과 건조함 속에 살아가는 큰댁을 찾아가는 날은 도시에 살고 있다는 것만으로도 죄송한 마음이었다. 도시에서 나고 자란 나는 시골은 그저 평온하고 싱그러운 전원만 상상했기 때문이다.

남편 역시 활기차 보이지 않는 아주버님을 늘 염려하였다. 본디 허약 체질에 병원을 자주 드나들었다. 오랜 시간을 입원과 퇴원을 번갈아 하셨다. 밤이나 새벽에 울리는 전화에는 언제나 긴장해야만 했다. 그때마다 남편은 훈훈한 동생이 되었고 울타리 같은 역할을 했다. 나는 절로 남편을 도와 함께할 수밖에 없었다.

긴 겨울은 꼬리를 감추고 앞산에도 봄이 내리고 있었다. 진달래가 선율을 타던 화창한 날이었다. 아주버님은 이미 취기가 도는 모습으로 이리저리 마당을 누비시다가 대청마루에 걸터앉으셨다. 나는 하얀 구름을 마주 보며 빨래를 널고 있었다.

"제수씨, 여기 와서 앉아 봐요!"

평소에는 마주 보고 말 한마디 없던 아주버님이 나를 부르셨다. 가난한 마음이 열리는 시간이었다.

늘 그렇지만 그날도 아주버님의 시선은 먼 산을 향하고 말소리는 바람결에 흩어졌다. 동생은 형제라서 낯설지 않지만, 동생 댁이 당신을 챙겨주고 신경 써주어서 고맙다는 말을 힘겹게 이으셨다. 굳은 자세로 허물허물 흘러내리듯 내뱉으시는 말씀은 아주버님의 힘든 고백처럼 들렸다. 흐린 말끝에 힘을 실어 나에게 인사말을 전했다. 가만히 듣자니 민망하여 어떤 추임새를 넣어야 할지 몰랐다. 그저 손사래만 쳤다.

어색한 분위기를 감당하기 버거우신지 엉거주춤 일어나더니 나무 선반 위에서 검은 봉지를 꺼내셨다. 그 속에 담긴 서리태를 나무껍질처럼 건조한 손으로 휘저으며 검은 비닐봉지에 나누어 담아주셨다. 아마도 아주버님이 생전에 챙겨주신 마지막 온정이었던 것 같다. 언제나 병색이 짙은 모습만 기억되는 아주버님이다. 병원 형광등 불빛 아래서 만나는 일이 많았고 취기에 온전하지 못한 대화를 나누었던 기억이 전부이다. 하지만, 서툴게 건네시던 투박한 말 속에 깊은 정이 배어 있음을 느꼈다.

불꽃이 타고 나면 흔적 없이 사라지듯이 물질이 오가는 만남은 쉽게 잊혀간다. 하지만, 서로의 진실이 담긴 인연은 타고난 불씨가 은은히 머물듯이 심금을 오랫동안 붙잡게 된다. 제법 많은 시간이 지났지만, 아주버님의 소리 없는 웃음 뒤에 진중한 마음을 기억하는 것도 이 때문이라 생각한다. 가족의 인연이 그런 것이었다.

성묘를 끝내고 돌아오는 길에 다시 큰댁을 들렀다. 쌓아 놓은 두엄더미에서 주인의 부재가 엿보였다. 외양간 가는 모퉁이에는 제멋대로 자란 풀이 누구를 기억하는지 흔들리고 있었다. 호젓하게 우는 소의 울음소리가 담장 안을 감돌았던 것도 새긴다. 큰댁 구석구석에서 아주버님은 느린 기억으로 맴돌고 있었다. 촤르르 서리태 쏟아지는 소리가 들리는 듯하다.


편지


햇살이 가을 하늘을 이고
따가운 눈물 뿌리면
가지 끝에 잎새가 물들어 간다.

바다가 올라갔을 하늘에

시린 안개 조각되어 너울춤을 춘다.

건조함으로 말라가는 일상에

시린 빛으로 대신해 주는 가을

몸부림치며 만들어낸

내 안에서 흐르는 작은 물살이

지난여름 미처 떠나지 못한

몇 줄기 바람에 밀려간다.

여위어 가는 마음

송림 사이로 뚫고 다니는

젖은 솔바람 소리

작은 풀꽃 우는 소리

모두 담아 띄워 보낸다.

# 네 잎 클로버

하늘이 내려앉았다. 올해는 유난히 비가 잦다. 창을 타고 내리는 빗줄기가 제법 굵게 느껴진다. 비 오는 날은 초목이 더 생기 있어 보인다. 초목이 양식을 받아 마시느라 생기를 일으키고 있나 보다.

얼룩진 창 너머로 바라보는 풍경은 나의 일방적인 느낌일지 모른다. 다른 이의 해석이 없어도 내가 보는 대로 느낌을 전해 받는다. 나무가 배고파 보이는 것도 우산을 펼치고 지나는 사람이 급하게 보이는 것도 내 느낌대로 추측하는 것이다. 그런 막연한 느낌은 오해를 부르는 결과를 낳기도 한다. 사소한 오해로 인해 아직도 어제처럼 기억에서 지워지지 않는 오랜 친구가 떠오른다.

어릴 적 내가 다니던 초등학교에 샐비어 칸나꽃이 붉음을 과

시하는 화단이 있었다. 친구와 나는 칸나와 샐비어꽃이 빨갛게 필 때면 꽃송이를 떼어 줄기의 꿀을 빨아 먹곤 했다. 그곳은 누구에게도 알려주지 않은 특별한 장소가 되었다. 구름조차 땀을 흘리며 지치게 하던 날이었다. 여름 방학을 앞두고 학교 전체조례가 있었다. 조례가 끝난 후 단짝을 찾아다니다 아이들의 웅성거림에 시선이 멈추었다. 그곳에는 찾아다니던 친구가 무리 속의 주인공이 되어 있었다.

토끼풀을 한 움큼 뜯어 양손으로 에워싸고 네 잎 클로버를 찾느라 주변을 의식할 새가 없었다. 순간 뭔지 모를 상실감이 몰려왔다. 가슴 가득 품고 있던 소중한 것을 잃어버린 것 같은 느낌. 커다란 눈망울을 가진 소의 눈에서 저절로 흘리는 눈물이 된 것 같은 느낌으로 몸이 갑자기 눅눅했다. 길섶에서 맴돌며 서성이던 나에게 향기처럼 다가와 주었던 친구였다. 지나친 감성으로 허상 같은 이야기를 쏟아내도 모두 들어주었다. 또래에 있을 법한 비밀 이야기도 친구에게는 자랑처럼 늘어놓곤 했다. 어느 틈엔가 내 마음에는 친구 이상으로 자리하고 있었다. 그런 친구가 우리의 유일한 장소에서 나를 빼고도 저렇게 즐거울 수가 있을까 하는 생각에 슬픔이 밀려왔다. 철부지 어린 소녀의 질투심이었다.

고개를 들어 상기된 얼굴로 나를 발견한 친구는 나의 감정과는 무관한 웃음을 지었다. 네 잎 클로버를 찾았다고 목청을 높여 내 이름을 불렀다. 나는 그런 기분으로 대답할 수가 없었다. 무표정한 얼굴로 한참을 서 있다가 친구의 들뜬 모습을 뒤로하고 씩씩거리며 교실로 들어와 버렸다. 친구는 동그란 눈을 굴리며 의아한 표정으로 한참을 서 있었다.

친구는 평범하게 대면했지만 나는 일방적으로 의지한 짝사랑이었을지도 몰랐다. 나의 속내를 다 드러내지도 못하고 엇갈린 감정의 매듭을 풀지도 못한 채 방학을 맞이했다. 매미가 부질없이 울어대고 꿀을 자생하던 꽃은 기운이 빠져 가고 있었다. 유난히 길게 느껴지는 방학이었다. 내가 잘못했다는 것을 알면서도 사과하지 못하는 것만큼 가슴 답답한 일이 없다는 것을 깨닫게 되었다. 졸고 있던 햇살 사이로 끼어든 바람이 시원하게 느껴질 때쯤 개학이 다가왔다. 예전과 같은 모습으로 친구를 만나고 싶었다.

내가 지닌 공책 중 가장 예쁜 것으로 한 장 찢었다. 볼펜 자루에 끼운 연필만큼 궁핍한 사과의 편지를 또박또박 써 내려갔다. 우리 집에서 몇 정거장을 지나야 친구 집이 있었다. 마음은 물속에 가라앉은 돌처럼 잠긴 말들을 뱉어내지 못한 부끄러움으로 두근거렸다. 친구 집이 가까워질수록 두근거림은 더 크게 울렸다.

대문 앞에서 친구 이름을 부를 용기가 없어 서성거리기만 했다. 한편은 친구가 불쑥 튀어나와 어색한 부딪힘이 될까 두렵기도 했다. 결국, 들어가지 못하고 대문 안 가장 높은 장독 위에 소리 없는 편지만 올려놓았다. 대문 앞을 기웃거리며 말보다 더 진한 몸짓으로 뉘우치며 사과하고 있었던 것도 친구는 알지 못했다.

개학 후에도 우리는 부딪힐 때마다 움찔거리는 입 모양만 어색하게 바라보다 서로 다른 여운만 남긴 채 초등학교를 졸업하고 말았다. 그 아이와 함께하지 않았던 나머지 학교생활은 기억에 남은 것이 없다. 나는 다시 길섶으로 몰리는 기분이었다. 그 친구는 모든 친구에게 똑같은 감정이었을 것이다. 나만 별 바라기처럼 친구를 바라보다가 마음에 생채기를 키웠다. 창문을 타고 내리는 빗물과 같은 세월이 덤도 없이 흘렀다.

그날의 네 잎 클로버는 어느 곳에서도 자라고 있다. 토끼풀이 모여 있는 곳으로 시선이 멈출 때면 그때 운동장의 배경이 클로즈업된다. 그렇게 키 큰 칸나꽃도 샐비어꽃에서 꿀을 빨아 먹어 본 적도 그 후로 한 번도 없었다. 추억은 누구와 함께했을 때가 오래 기억되는 것이다. 내가 나를 깨닫지 못하고 지나쳐 버리는 수많은 일 속에서 어제 같은 기억으로 살아나 부끄러운 미소를 짓게 된다.

창에서 빗물이 멈추지 않고 계속 타고 내린다. 햇살이 선명하던 그날과는 사뭇 다르다. 왠지 우산을 들고 어딘가에 있을 것 같은 그때의 구겨져 버린 토끼풀을 찾고 싶다. 습기를 머금은 풀들이 올망졸망 몰려 있다. 곱씹으며 살아나는 기억을 반추해 가며 네 잎 클로버를 찾는다. 눈앞에서 하얀 얼굴로 웃음 짓는 친구가 아른거린다. 오랫동안 보고 싶었던 친구가 가까이에 있는 느낌이다. 이번에는 내가 한 움큼 토끼풀을 뜯어 손에 쥐고 바라보았다. 뜯겨 나온 토끼풀에서 상큼한 풀냄새가 맴돈다. 친구의 냄새다.

제법 긴 세월을 등에 업고 무거움을 느끼며 지냈다. 그날은 분명히 맑은 날이었는데 소낙비가 내린 날로 점묘되어 아른거린다. 오늘은 비가 내려서 그런지 아니면 아직도 내 마음에 미안함이 창이 되어 선명히 보여서 그런지 두 마음 모두에 변명이 없을 것 같다. 그렇듯 마음속에 부끄러움이나 미안함이나 반추할 창이 있다는 것은 세월을 가로지르는 동력이 된다.

# 소띠 남편

　　"소의 커다란 눈은 무언가 말하고 있는 듯
한데 나에게 알아들을 수 있는 귀가 없다. -중략- 말은 눈물처럼
떨어질 듯 그렁그렁 달려 있는데 몸 밖으로 나오는 길은 어디
에도 없다. -중략- 수천만 년 말은 가두어 두고 그저 끔벅거리고
만 있는……" 김기택 시인의 시구를 바람이 스치듯 읽고 있다.
커다란 눈망울이 말하듯 입은 쩝쩝거려도 눈동자의 움직임은
고정되었으나 온기를 품은 소의 눈은 그의 눈과 흡사하다.

　　옷장 서랍을 뒤적인다. 세월을 거스르고 묵은 종이 냄새를
훅, 풍기며 누워있는 물건 하나를 집어낸다. 결혼 전 남편이 들
고 와 어머니 앞에 내밀었던 사주단자이다. 한지로 겹겹이 말
아놓은 두툼한 봉투가 생소한 것은 아닌데. 오랫동안 무심히
잊고 있었다. 결혼 후 나보고 보관하라고 어머니가 주신 것을

장롱 서랍 속에 묻어 두었다. 여러 번 씹어 삼켰던 풀줄기를 되새김질하듯 천천히 열어 본다. 붓으로 써 내려간 글체가 필력이 있을 법한 누군가가 정성을 기울인 면이 엿보인다. 많은 말을 가두고 있을 것 같은 봉투다. 받아 두기만 했지 한 번도 열어 본 적은 없었다.

사성四星이라고 쓴 봉투를 열어 보니 "辛丑 生 五月 初 十日 生"이라 적혀 있다. 나는 순간 피식 웃음이 났다. 소띠, 제대로 기록되어 있다. 결혼 말이 오고 갈 때 남편은 쥐띠라며 한 살을 높였다. 맞선을 볼 때부터 나보다 두 살 많은 쥐띠로 소개받았다. 어머니는 두 살 차이라야 궁합이 맞는다고 중매자에 언질을 놓았기에 아마 남편보다는 중매자 의도가 더 컸으리라 생각된다.

그렇게 나는 십여 년을 두 살 많은 남편으로 알고 살았다. 나이 한 살 정도 잘못 알고 사는 것이 뭐 그리 대수일까마는 내가 알고 있는 남편의 성품으로 볼 때 한마디라도 거짓이 섞인 말은 못 하는 사람이라 여겼다. 그러기에 내게 맞는 배필이 되려고 거짓말했나 싶어 웃음이 났다. 세월이 깊어질수록 내가 어느새 소의 울음과 두 눈에 고인 눈물을 읽게 된 것일까.

낙엽이 담장 밑으로 쏠려 다니던 어느 날 남편과 나는 맞선을 봤다. 둘 다 첫 선이라 어색하다 못해 분위기는 냉랭했다. 무슨 말을 한 것 같은데 하나도 알아들을 수 없었고 나 역시 대답을 많이 한 것 같은데 기억 남는 말이 하나도 없었다. 둘 곳 없는 손은 괜한 물컵만 만지작거리다 촉촉이 땀이 배어 나와 무릎 위를 열이 나도록 문지르고 있었다. 둘 데 없는 시선은 발끝에만 고정해 놓고 구두 끝만 까닥이고 있었다. 찻집 안 사람들의 시선이 의식될 때쯤 우리는 머쓱하게 자리를 빠져나왔다.

남편은 나를 이끌고 산을 올랐다. 처음 만난 사람에게 투정을 부리고 싶지 않았던 것도 있지만 인상을 보아하니 그다지 배려해줄 것 같지도 않았다. 그저 쟁기를 끌기에 끌리듯 뒤를 따랐다. 나의 인내심을 테스트해 보는 것이리라 느낀 나는 구두를 신고도 발 아프다는 소리 한번 하지 않았다. 참는 것이라면 나도 공성이 난 터였다. 쟁기는 소가 끄는 대로 이탈하지 않고 따라가지 않는가. 발뒤꿈치에 힘을 싣고 걷는 그의 뒤를 따르면서 이미 소같이 우직한 기운이 어깨너머로 흐르는 것을 감지하지 않았나 싶다.

이미 남편은 그때 자신이 소띠임을 전했는지도 모른다. 많은 말을 하며 상대의 비위를 맞추는 가벼운 행동은 없었지만 짐을 실으려고 등에 안장을 얹은 소의 모습을 설핏 본 것이다. 불의와 타협하지 않을 것 같은 듬쑥함이 나의 마음을 움직이게 했다. 감성에 쏠리고 이성적인 판단이 느린 나에 반해 말수가 적지만 진실만 말할 것 같은 믿음을 남편에게서 느낀 것이다.

헉헉대는 숨소리도 죽여 가며 뒤따르던 나는 앞사람의 발걸음을 따라 멈춰 섰다. 발아래는 오송송한 낙엽들이 늘어져 찬바람에 몸을 뒤척이고 있었다. 빈 가지가 바람을 털고 있는 묵빛 나무들이 줄지어 서 있는 곳을 바라보는 남편의 표정이 근엄해졌다. 벼르고 있었던 말을 할 것 같았다. 산을 오르는 내내 어떤 말을 생각하느라고 말 한마디 하지 않았을까. 말을 입 안에서 오물거려 삼켰다가 다시 또 꺼내는지 낙엽이 부르는 바람 소리보다도 약하게 내 귀에 그의 말이 들렸다.

"난 가진 것은 하나도 없습니다. 그냥 건강한 몸밖에……."

이어질 말이 깊은 감동을 주지 않더라도 내가 받아 주어야만 할 것 같았다. 저렇게 힘겹게 내뱉고 있는 수고를 빨리 덜어 주고 싶어 피식 낮은 웃음을 지어 버렸다.

나와 궁합이 맞는 사람은 쥐띠라 했지만, 쥐띠를 가장한 소띠와 사주를 뛰어넘어 수십 년을 살아왔다. 한동안 남편은 내게 오롯한 존재였다. 선연히 날을 세우며 표정 없이 한길만 가는 소의 꼬장꼬장한 고집이 나의 아성을 넘을 때면 나는 어김없이 그의 힘에 끌려가는 쟁기에 불과했다. 소가 저 가고 싶은 대로 고집부리고 길을 트면 그 길이 곧 내 길이 되었다. 고랑과 이랑이 잘 다듬어진 그 길이 가장 안전한 것도 알게 되었다.

애당초 맞선 때부터 산을 말없이 따라 오르던 나 아니었던가. 나의 사주는 그 누구도 아닌 내가 만들어갔다. 쥐띠와 어울린다는 사주지만 소띠에 사주를 맞추었다. 형식에 불과한 사주단자를 받아들고 존엄하게 여기며 살아가는 이들이 얼마나 될까? 날마다 쨍쨍한 햇살이면 따가워서 불만이고 날마다 비 내리면 축축함이 불만이지 않은가? 오히려 남편이 햇살과 비를 갖춘 소띠였기에 지금까지 무탈하게 지내오지 않았을까.

사주보다는 인연을 믿게 되었다. 서로 인연이라 여기고 살아가는 것이 제대로 맞는 궁합이지 싶다. 남편 앞에만 서면 꾸어다 놓은 보릿자루가 되어 조신한 아낙네가 되었던 것도 그런 탓이리라. 언제부턴가 남편 옆에서 쉼 없이 이야기하게 되었다. 시선 둘 곳 몰라 발끝만 주시하던 맞선 때와 달리 서릿발 같은 머리를 바라보며 이야기할 때도 있고 목선까지 이어 내리는 주름을 바라보며 이야기하기도 한다. 소의 말을 알아들을 수 있는 귀가 생겨 버려 몇 마디 하지 않아도 심중을 알아차리게 되었다.

많은 말을 눈 속에 가두고 살아온 남편의 얼굴에서 노쇠한 늙은 소의 흔들거림이 언뜻언뜻 스치는 것을 발견한다. 이제 나의 심안으로 그의 설핀 모습들을 들여다보고 있다. 저녁에는 술상을 차렸다. 늘 반주를 마시는 남편이지만 오늘은 다르게 준비해 보았다. 예전에 자주 마시던 막걸리 대신 소주와 '호루래기' 라 부르는 자잘한 오징어 회를 샀다. 남편이 사주단자를 들고 친정에 왔을 때 술상에 차려진 음식이다.

세월이 흐르면서 제법 감성적으로 변해 간다고 믿었던 남편에게서 그날의 기억을 더듬어 낼 수 있을까. 애초에 궁합이라는 것에 별 의미를 두지 않았던 그에게서 어떤 반응이 나올까. 내 마음은 인연의 끈을 부여잡고 남편의 껌벅이는 눈을 한참이나 살피고 있었다.


## 손수건을 다리며

남편의 손수건을 다립니다.
풍상에 삭아 서리 내려앉은 머리
듬성듬성 드러난 속 길을 따라
목줄기를 타고 내렸을 땀은
무거운 어깨를 짓눌러
온고지신 부딪힌 흔적이 되었네요.
눈썹 위로 하얗게 내려앉은 억겁의 인연이
생목이 올라와 울컥 눈물이 고입니다.
가을 햇살에 짓눌려
곡식이 영글듯 당신이 흘린 땀으로
구겨진 주름 팽팽해졌으면 좋겠습니다.
씻을수록 얇아지는 손수건처럼
당신이 짊어지고 있는 삶의 무게도
조금씩 줄었으면 좋겠습니다.

# 두꺼비

어둠이 드리우기 시작한 산사의 저녁은 낮보다 정겹다. 마당 가장자리에 있는 의자에 앉아 여백의 시간을 채우고 있었다. 난데없이 두꺼비 한 마리가 성큼성큼 절간 마당을 기고 있다. 두꺼비를 가까이서 지켜보는 것이 처음이라 한참을 주시했다.

"우리 두꺼비!" 두꺼비가 풍기는 이미지가 그리 나쁘지 않기에 아버지는 내 이름 대신 부르지 않았을까. 느리게 기어가는 두꺼비를 보면서 아버지의 모습도 함께 아른거린다. 어둠이 내리기를 틈타 살짝 나왔다가 사라지는 두꺼비가 오히려 아버지와 닮았다고 생각했다. 두꺼비는 나무 아래나 돌무지에서 지내다가 어두워지면 활동을 한다. 사람들의 눈에도 쉽게 발견되지 않는다. 그만큼 남에게 해를 입히지도 않는다는 뜻일 것이다.

아버지는 어질다는 표현이 어울리는 분이셨다. 남의 상처는 내 것처럼 아파하고 자신의 상처는 그냥 묻어버리는 분이셨다. 날마다 약을 드시면서도 어디가 아파서 먹는다는 말 한마디 하지 않으셨다. 자신의 무능력으로 가족을 고생시킨다는 자책감에 목소리도 죽이고 사셨다. 말수가 적고 크게 웃지 않으시는 아버지의 심정을 그때는 몰랐다.

귀뚜라미가 목청을 돋우던 깊어가는 가을이었다. 안방에서 함께 잠자던 조카가 놀라 고함지르는 소리에 새벽잠이 깼다. 몸을 옆으로 오그리고 누운 아버지의 모습을 보자 덜컥 심장에서 먼저 반응이 왔다. 두 눈을 부릅뜨고 나를 바라보는 듯한 모습이 뭔가 소리 내어 말을 하려는 표정이었다. 누군가를 부르려고 애쓴 흔적이 역력히 묻어 있었다.

어떠한 사태인지 짐작이 갔다. 이웃에 사는 오빠에게 연락하여 도착하기까지 십여 분의 시간이 어떻게 지났는지 모른다. 너무 당황하면 할 말도 잊어버리는지 어떤 말도 묻지 않은 오빠는 아버지를 등에 업고 가까운 병원으로 뛰었다. 그날의 새벽길은 어둠을 가르는 발걸음 소리만 거친 숨소리와 섞여 있었다.

새벽에 불려 나온 의사가 죽음을 알리는 선고를 했다. 심장마비라 했다. 아버지를 살려 달라고 어떻게 좀 해 달라고 의사 선생님께 떼를 써 볼 분별력도 생기지 않았다. 한참을 의사 선생님의 표정 없는 얼굴만 바라보았다. 장례식장이 따로 없는 병원이라 돌아서야만 했다. 오빠는 아버지를 다시 업고 나는 오빠를 부축하며 병원을 나섰다.

"오빠, 어떡해요, 어떡해요."

다그치듯이 묻는 말에 오빠는 아무런 대답을 할 수가 없었다. 나는 임종을 지켜 드리지 못해 죄스러웠다. 말을 잊은 채 넋을 잃고 앉아 있는 오빠의 표정도 마찬가지였다. 나라도 뭔가 해야 할 것만 같았다.

아버지의 이부자리를 정리하고 눕혔다. 온기가 사라진 아버지의 몸은 미동도 없었다. 마치 한숨 자고 나면 일어날 것만 같은 아버지는 입 다문 돌이 되어 내가 뒤척이는 대로 몸을 맡기고 있었다. 이렇게 야위었나, 손이 이렇게 작았나, 자신의 빨래는 딸에게 맡기지 않을 정도로 정갈하셨는데 지금 딸이 어떤 일을 하고 있는지도 모르고 모든 것을 받아들이고 있었다.

가족을 경애하였으나 능력이 미약했다. 사랑하지만 표현하지 못해 공감을 나누지 못했던 아버지셨다. 나는 그런 아버지의 살점 하나 없이 야위어진 껍데기뿐인 몸을 닦고 있었다. 이렇게 가까워질 수 있는 것을 손을 열고 마음을 열고 모두 받아들이고 내가 들어갈 수 있는 것을, 도덕적 관념 속에 빗장을 채우고 아버지와 딸이 그토록 무거운 벽을 쌓고 살았을까?

입고 있던 옷을 벗기고 갈아입힌다. 새 옷으로 갈아입혀야만 한다는 생각이 어디서 미쳤는지 모르겠다. 내가 하지 않아도 장

의사에서 절차에 따라 염을 해주었지만, 미처 알지 못했다. 맥을 놓은 아버지의 몸을 닦고 옷을 갈아입히며 비로소 아버지를 느꼈다. 송구함이 솟구쳤다. 그나마 제일 가깝게 생활했다고 생각한 내가 한집안에서 순간을 놓쳐 버렸다는 죄송함에 죄책감으로 몸을 가누기 힘들었다.

나의 어떤 이야기도 묵묵히 들어주던 무표정한 얼굴이 사랑이었음을 소멸의 순간이 눈앞에 다가와서야 알게 되는지, 품을 수밖에 없는 애증이 가슴 끝을 따갑게 했다. 나무하러 가실 때는 어린 나를 지게에다 앉히고 다녔다. 지게 높이의 한 배가 더 되는 나무를 지고 돌아올 때 아무리 힘들어도 나를 앞장세우고 걸었다. 아버지가 나를 두꺼비라 부를 때 애정이 묻어 있었던 마음 깊이를 이제야 느끼게 된다.

번다한 행동이 뭐가 필요했을까? 아버지가 내려다보는 시선이 자양분이 되어 내가 조금씩 자란 것을, 앞세우고 걸어가는 어린 딸의 모습이 엉금엉금 기어가는 두꺼비의 모습으로 보였을까. 기억 속 아버지는 내 이름보다도 "우리 두꺼비."라고 불렀다. 아버지가 기분이 좋게 부르는 이름이어서 싫지 않았다. 형제들의 질투심을 불렀던 그 이름 이젠 들을 수가 없다.

아버지가 돌아가셨을 때 어머니는 집에 없었다. 유조선 배 청소작업을 하셨던 어머니는 한번 일 나가시면 보름 정도 바다 한복판에서 작업하셨다. 집안일이 생겨도 즉시 나올 수 없는 환경이었지만 아버지의 소식으로 통통배를 타고 나오셨다. 아버지의 주검을 확인한 어머니는 평소에 하지 못했던 쌓인 말들을 울음으로 토해냈다. 어머니의 울음은 차라리 괴성에 가까웠다.

아버지에 대한 원망이 많았으리라. 남은 가족을 책임져야 하는 무거운 짐이 버거워서 꺼이꺼이 가슴을 때려가며 울었다. 그제야 나도 눈물이 났다. 어머니의 울음과 좀 다른 감정으로 울었다. 아프다고, 너무 아프니 병원 좀 데려가 달라고 말씀을 하시지, 소리 없이 입만 움직이는 두꺼비처럼 말 한마디 못 하셨냐며 울었다.

외부 자극을 미리 감지할 수 있는 두꺼비의 능력처럼 자신을 지키며 소리 내지 않고 살아오신 아버지의 삶이 나에게 올바른 나침반이라는 것을 알게 되었다.

제법 어둠이 깊어진다. 여백의 시간을 다 채웠다. 이제 돌아올 채비를 하려고 의자에서 일어선다. 제 볼일을 다 끝낸 두꺼비도 슬슬 방향을 튼다. 나에게 아버지의 기억을 살려주고 돌아가는 두꺼비의 모습이 마치 할 일을 다 했다는 듯 가벼운 몸짓이다. 저녁 바람이 낮게 불어온다. 낮은 바람 사이로 아버지의 헛기침이 들려올 것만 같다.

# 국수

　남편이 국수를 먹고 싶어 했다. 국수는 별스럽게 준비하지 않아도 되는 음식이라 반찬이 없을 때나 입맛이 없을 때 쉽게 해 먹는다. 요즘 같은 여름철에는 시원한 냉국수가 제격이다. 냉국수는 육수를 미리 끓여서 시원하게 준비해 둬야 갑작스러울 때 당황하지 않는다. 따로 반찬을 준비하지 않아도 한 그릇의 국수는 든든히 포만감을 느끼게 해준다.

　다만 더운 여름에 갑자기 냉국수를 찾을 때 준비한 냉 육수가 없다면 바쁘게 끓여서 식혀야 하는 과정이 국수 삶는 것보다 번거로울 때가 있다. 이런 음식에서도 준비하고 살아간다면 당황하거나 호들갑스럽지 않을 것이다. 국수를 준비하면서 얼마 전 지인과 함께 국수라는 간판을 보고 찾아 들어갔으나 국수를 먹지 못하고 되돌아섰던 일이 생각나 웃었다. 그날도 그녀와 나는 어떤 강좌를 듣고 헤어지기가 아쉬워 함께 식사하기로 했다.

그녀가 새로 개업한 국숫집을 소개하겠다며 안내를 했다. 산자락 아래 분위기 좋은 현대식 국숫집이라고 부연 설명을 했다. 도착해서 바라본 국숫집은 한눈에도 고급스러운 것이 여느 국숫집과는 분위기가 확연히 달랐다. 보통 국숫집은 시끌벅적한 것이 가게를 알리기 위한 간판의 글이 커다랗게 쓰여 한눈에 들어오게 해놓은 것이 대부분이다. 그런데 이 국숫집은 세련되게 영어로 "Gook sou"라고 적혀 있었다.

우리는 별로 의심을 할 겨를도 없이 깔끔하다는 생각만 하고 가게 문을 힘차게 밀고 들어섰다. 순간 일부러 가게 안을 둘러보지 않아도 한눈에 휙 들어오는 고급스러운 분위기가 일순간에 상황을 짐작하게 했다. 빈 테이블에는 정갈하게 세팅해 놓은 유리컵이 반짝 빛을 내며 앉을 손님을 기다리고 있었다. 테이블에는 우아한 여성 두 분이 고급스럽게 양손을 움직이며 식사를 하고 있었다.

"어, 피자!"

우리는 주춤거리다 어쩔 줄 모르는 추임새로 종업원이 안내하는 좌석에 엉거주춤 앉았다. 그 순간 그녀와 내 시선이 마주쳤다. 그녀 역시 당혹해하는 표정이 역력했다. 그녀의 순수한 평소 모습이 떠올라 자꾸 웃음이 났다. 이 자리에 계속 앉아서 국수가 아닌 국숫집 음식을 먹어야 하나, 아니면 자리를 털고 일어서야 하나 결정해야 했다.

"저기요, 사실은 저희가 '국수'라는 간판을 국숫집으로 잘못 알고 들어왔는데요."

낮게 뱉어낸 목소리인데도 불구하고 고상하고 우아하게 식사를 하고 있던 손님들의 시선이 우리를 향해 집중했다. 새하얀 유니폼으로 깔끔하게 차려입은 웨이터의 반응도 읽기 전에 우리는 얼굴만 가리고 가게를 황급히 빠져나왔다.

골목길로 나선 우리는 마주 보며 큰 소리로 한참을 거리에서 웃었다. 국수를 먹으려고 찾아갔는데 피자를 먹는 것도 그렇지만 어쩔 수 없이 먹어야 하는 피자값에 신경 쓰지 않을 수가 없었다. 결론적으로 나오길 잘했다며 남은 웃음을 한참을 쏟아냈다. 편안하게 국수를 먹으며 수다를 떨고 싶어 했던 그녀와 나는 점심을 거르고 헤어졌다.

남편이 찾는 국수는 참으로 편하다. 다른 음식은 제법 격식을 갖추어야 만족스럽게 먹는 모습을 볼 수 있지만, 국수만큼은 특별하다. 맛깔스럽게 올리는 고명은 없어도 된다. 그저 면만 밀가루 냄새 나지 않을 정도로 삶아 시원한 육수를 곁들이면 된다. 그러나 먹을 때마다 약간의 변화를 준다. 육수에 콩가루를 태워 먹을 때도 있고 잘 익은 열무김치를 얹어 먹을 때도 있다. 있는 반찬 중 즉석에서 고명을 찾아 먹는 남편의 국수는 나를 가장 편하게 해주는 음식이다.

편하게 먹을 국수를 찾았다가 불편하게만 보여 부리나케 튀어나오고 말았던 국숫집은 편하게 여기는 사람들과는 어색한 자리가 분명했다. 아직도 귓전을 떠나지 않는 그날의 웃음소리에 국수를 삶는 내내 입가에 소리 없는 거품을 물게 하는 것도 항시 먼저 배려하고 정겨운 행동으로 사람을 대하는 그녀의 편안한 모습이 떠오르기 때문이다.

비록 그날 국수는 먹지 못했지만 한 아름의 맛깔스러운 웃음으로 서로의 순수함을 읽게 된 값진 보물을 얻은 셈이다. 국수를 삶으며, 남편은 어떤 고명을 얹어 편안한 국수를 먹게 될지, 남아 있는 반찬을 머릿속에 세어본다.

# 산책

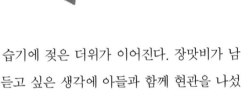

　습기에 젖은 더위가 이어진다. 장맛비가 남겨 놓은 물소리가 듣고 싶은 생각에 아들과 함께 현관을 나섰다. 오늘은 못을 끼고 주변이 잘 가꾸어진 수변공원을 선택했다. 빽빽이 둘러싸인 아파트를 지나 산길을 조금 오르면 못으로 가는 길이 나온다. 연일 장맛비에 수위가 높아져 계곡을 채우며 물이 흘러넘치고 있었다.

　절간에서 들을 것 같은 풍경 소리가 간간이 바람결에 들리는 못 둑을 걷는다. 참으로 오랜만에 아들과 나란히 걷고 있는 순간이 즐겁다. 산기슭에서부터 못 위를 건너뛰며 물결을 일으키고 달려오는 바람이 가슴까지 파고든다. 바람을 끌어안았다 놓아주기를 반복하며 산책의 여유를 즐긴다. 이른 저녁 산책이라는 명분을 걸고 아들과 함께 걸으며 떨어져 있으면서 하지 못했던 쌓인 이야기를 나누기에는 주변 분위기가 적절하다.

옆에서 나의 보폭에 맞춰 주며 묻는 말에 화답하는 아들의 옆모습을 본다. 참 많이 자랐다. 체구가 자란 것도 있지만, 마음이 많이 자랐다는 느낌을 받았다. 타지에서 생활한 지 여러 해가 되고 보니 아들의 행동은 자립적인 생활이 몸에 배어 있는 것 같다. 나를 안전하게 걸을 수 있도록 보호하는 것과 들고 있는 물건을 대신 들어주는 행동이 진심 어린 배려로 느껴져 내가 존중받고 있다는 느낌이 들었다.

"아들과 연애하는 엄마!" 문득 지난날 아들 고등학교 시절 담임 선생님께서 붙여준 별칭이 떠올라 피식 웃음 짓게 한다. 그때 난 그렇게 설레었다. 아들 앞에선 나는 마음을 낮추었다. 아들의 이름을 부르며 어떤 이야기를 시작할 때면 촉각을 곤두세웠다. 엄마의 이야기를 하나도 빠뜨리지 않고 차분차분 들어주는 아들 앞에서 나는 감성적일 수밖에 없었다.

그런 아들이 집에서 하루에 한 끼만 먹던 고등학생 때는 날마다 새로운 것을 만들어 주고 싶었다. 엄마가 만든 음식이면 뭐든지 맛있다고 응대해 주는 아들의 모습에서 새벽밥과 간식을 준비하는 내내 즐거웠다. 자정이 되어서야 교실을 빠져나오는 아들을 학교 운동장에서 주차해 놓고 기다리는 동안은 지루함보다 설렘이었다.

지칠법한 공부를 하고 나오는 아들이지만 방긋방긋 웃으며 오래 기다린 엄마를 오히려 위로해 주는데 어찌 설레지 않겠는가. 돌아오는 차 안에서 준비해 간 간식을 내놓으면서도 반응을 기대했다. 역시 챙겨간 대로 모두 맛있게 먹어주며 엄마의 정성을 높이 사주었다. 나는 절로 흥이 났다. 생각해 보면 아들 때문에 나는 많은 기쁨을 느끼며 살았다.

바람이 건너는 호수가 두껍게 주름진 물결을 출렁인다. 산에서부터 쏠려 내려온 나뭇잎들과 어떤 부유물들이 서로 부딪히며 떠내려가고 있었다. 축적된 모든 것들이 묵은 기억은 오래 두면 상처만 되기 때문에 떠나보내는 것인가. 서로 엉켜 떠가는 저 부유물들이 자신의 의지가 아닌 것으로 보여 개운하지 않았다.

지나간 일들이 모두 즐겁고 행복한 것만은 아니지만 세월은 흐르는 물처럼 힘들었던 기억도 가끔은 새로움으로 느끼게 해주는 것이리라. 묵은 것은 쓸어버리고 새로운 것들로 가벼워지는 것도 괜찮은 일이다. 아들과 함께한 고등학교 때까지 좋은 기억만 남아 있는 것은 아들을 믿고 존중했던 나만의 훈육 방식이 통했기 때문이다.

수변공원이라 불리는 이곳은 많은 사람으로 북적인다. 동네 사람들의 산책하는 모습들이 대부분이지만 연인끼리 정겹게 담소를 나누는 모습도 돋보인다. 아들이 이제는 가끔 여자 친구 이야기를 한다. 아마도 아들의 여자 친구는 예쁘고 똑똑하고 귀

엽지 않을까 기대한다. 친구 얘기를 하는 아들의 얼굴에 만족한 웃음이 번진다. 누구든 내 아들을 사랑해 주는 사람이면 나도 절로 예뻐할 것 같다.

물이 지닌 많은 능력을 이곳 못을 보며 새삼 느끼게 된다. 여름이 시작되기 전 못은 봄 가뭄으로 말라 있었다. 드러난 못 바닥엔 잔풀이 돋아 풀밭을 이루었다. 못의 깊이가 얕아질수록 물 속에서 살아야 할 것들은 몸부림을 치고 있었으리라.

내가 바라는 아들은 어디에서 몸을 섞어도 확연히 구분되고 능력 있는 사람으로 살아가기를 바랄 뿐이다. 여러 방향의 마음 씀씀이를 볼 때 성숙한 아들이 제 위치를 찾아가는 과정으로 보여 마음이 놓인다. 노심초사와 믿음의 차이는 그리 떨어져 있지 않다. 천천히 산책하는 시간에는 나 자신의 반성과 더불어 감사한 마음이 더 깊어진다. 다시 새잎이 되기 위해 간절히 기도하는 낙엽과 풍성한 풀 때문에 오솔길이 된 이유를 생각할 줄 안다면 제대로 삶을 의미하며 살아간다고 할 수 있겠다.

메마른 못 물이 바닥을 드러낼 땐 스스로 감출 수가 없다. 온갖 치부가 드러나도 감출 수 있는 여력이 없다. 우리네 삶 역시 건조해질 때면 자신만 힘들다고 생각하게 된다. 자신은 물론 돌아볼 여유가 없기 때문이다. 그럴 때는 누구든 상대방의 치부를 감추어 줄 아량이 부족할 수밖에 없다. 마음이 비어 있을 때는 조바심이 먼저 울리기 때문에.

가끔은 현실감각을 잃을 때가 있고, 내가 누구인가를 잊고 싶을 때가 있다. 그렇지만 잃는 것과 잊어버리는 것보다 지니며 기억하는 것이 많다는 것을 안다면 제법 행복한 삶이지 싶다. 못 둑을 타고 불어오는 바람이 머릿결을 쓸어 넘겨 본다. 저 멀리 호수 끝에 물안개가 너울거리는 모습이 아늑하다. 풍광을 누리며 아들과 함께 산책하는 내내 나는 행복한 엄마가 되어 있었다.


도시락을 만들며


보리알 같은 나이테를
깨 밥같이 붙여 놓고도 웃고 있는
내 아이의 도시락을 만듭니다.
행여, 다소곳한 쌈밥 속에
적당한 정성이라는 미명을 씌워
서툰 엄마의 욕심은 양념하지 않았는지
삼색 고명 입힌 주먹밥엔
무게 지우지 않으마 하던 말은
그늘에 묻어버리고 흔적을 남기지 않았는지
설레는 마음만큼 눈앞에 용용히

흰 구름이 흘러갑니다.

주변의 움직임에는 귀 기울이지 않는 바람처럼

세상을 앞지르며 살아갈 수 있는 아이

더디게 다가오는 햇살에도 커다랗게

어깨 다독여 줄 수 있어 위안이 됩니다.

도시락은 장문의 편지여서

섬세함 속에 투박한 엄마의 마음까지

멧새 같은 눈으로 읽어줄 아이여서

낮은 바람에도 엎드릴 줄 아는

엄마이고자 합니다.

# 강낭콩

　　수분을 다 날려 보낸 붉은 콩이 죽은 듯이 비닐봉지 속에 갇혀 있다. 시누이 집에서 떠나온 지 꽤 오래된 것 같은데 제자리를 찾아 일어나지 못하고 있다. 거기다 빛도 없는 냉장고 서랍 속에 냉기만 받고 있었으니 어떤 변신을 기대할 수가 없었을 것이다.

　누런 호박과 어우러지게 호박죽을 끓일 요량으로 큰 그릇에 담고 씻었다. 둥둥 뜨는 콩, 너무 말라 힘이 없는 콩은 미련 없이 건져 찌꺼기 봉투로 던졌다. 멀쩡한 것은 살려내서 호박죽의 달콤한 맛을 가미하는 데 한몫하게 된다.

　남편의 누나인 시누이는 일찍이 홀로되셨다. 남겨진 자녀는 한참 성장 시기인 딸 셋과 아들 한 명을 코앞에 두고 있었다. 눈에 보이는 시골 살림에 여자 혼자서 농사를 지으며 초등학생부터 고등학생까지 층층이 키워내기란 여간 어려운 일이 아니었다.

환경은 사람을 변화시키는 것인지 형님은 의연하셨다. 넓은 땅마지기를 농사짓고 소를 키우면서 억척스럽게 변해 갔다. 빨라진 손놀림과 종종대는 걸음걸이로 하루 내내 일하는 형님을 보고 나는 불도저라는 별명을 붙였다. 누나를 안쓰럽게 생각하던 남편은 일요일이면 나와 함께 시골로 발걸음을 향했다. 미약하나마 부족한 일손도 덜어 주고, 집 안 곳곳 수리하는 일에 힘을 보탰다.

한동안 일요일의 일정은 당연히 체험 여행으로 정해지게 되었다. 시골 생활의 경험이 부족한 나는 형님댁 가는 것이 즐거웠다. 마을 초입을 들어서면 바람 속에 퍼져 나는 쿰쿰한 거름 냄새가 정겨웠다. 눈 큰 착한 소가 묵묵히 논둑에서 풀을 뜯고 있으면 가까이에서 등이라도 어루만지고 싶어 쭈뼛거리기도 했다. 넓게 보이는 논과 들판 멀리 바라보이는 높은 산이 팍팍한 도심보다 더 좋은 이유가 되기도 했다.

소 울음이 명쾌하게 들리던 화창한 날 형님은 강낭콩을 심는다며 밭으로 갈 채비를 했다. 나는 또 새로운 놀잇감이 생긴 듯 호미를 들고 따라나섰다. 고랑과 이랑을 미리 다듬어 놓은 밭에서 고랑에다 콩을 심었다. 도시에서 자란 나는 고랑에다 콩을 심는 것을 그때 처음 알았다. 메마른 콩이 흙의 수분을 당겨 제 몸을 부풀려 싹을 틔운다는 것이 마냥 신기했다.

재빠른 형님의 손놀림은 따라가지 못했지만 호미질하며 제법 콩을 심었다. 신기하게도 시골에 갈 때마다 콩은 쑥쑥 자라 푸른 잎을 키웠다. 수분 하나 없는 콩 한 알이 흙 속에서 싹을 틔울까 염려했던 마음은 자연에 대한 나의 무지였다. 강낭콩이 자라는 것을 보면서 형님을 보는 것 같았다.

아주버님이 안 계시고 네 자녀와 연로하신 시어머님 사이에 있던 형님의 모습은 한 알의 마른 콩처럼 횅하게 느껴졌다. 유난히 왜소한 체구에 남은 식솔과 종부의 짐까지 떠안은 형님의 어깨가 왜 그리도 작아 보였던지. 가장으로 짐을 지고 이겨 나갈 수 있을까, 많은 식솔과 농사일은 어찌 견뎌 나갈까 노심초사했다. 그러한 나의 걱정은 선입견이었다. 바람에도 꺾이지 않는 강낭콩 싹처럼 씩씩했다.

각종 환경의 혜택을 받으며 도시에 사는 내가 미안해졌다. 최소한 미안함을 덜어 볼 요량으로 고추밭이며 들깨밭을 따라다녔다. 그런 모습이 예뻐 보였는지 형님은 무척이나 나를 편하게 대했다.

얼마 지나지 않아 시누이 아들이 수능을 치르기 위해 우리 집에서 생활하게 되었다. 도시에서 학원 다녀야만 하는 상황을 모른 척할 수가 없었다. 조카와 함께 생활하는 것은 익숙한 일상은 아니었다. 새벽에 일어나 도시락 두 개를 만들기 위해 부산을 떨었다. 늦은 밤이라야 학원 공부를 끝내고 돌아오는 조카를 위로하는 마음으로 애써 편한 분위기를 만들어 잡담을 나누었다.

조카는 피로감이 쌓여 갈 시기인데도 곰살궂게 나를 대했다. 그때 내 아이들은 어렸다. 아이들과 소통하지 못하는 이야기를 조카와 나누며 나대로 많은 위로를 받았다. 조카를 보면서 형님이 보였고 그녀를 위하는 마음이 조카한테로 향했다. 형님은 당신의 아들을 살피고 있는 내게 내내 미안함을 표했다. 종종 형님의 깊은 손맛이 담긴 반찬과 들녘에서 거둬들인 잡곡들이 정성껏 집으로 배달되었다.

그중에서 내가 제일 반가웠던 것은 강낭콩이었다. 그해 심었을 때 나도 힘을 보태었던 것이라 더욱 반가웠다. 붉은빛이 도는 강낭콩에서, 푸른 잎으로 땅을 가렸던 밭이 떠올랐다. 형님과 내가 함께 촌부가 되어 햇살 아래 땅을 헤집던 모습이 정겹게 다가왔다. 그 후로 시골에서 부쳐오는 모든 식품은 허투루 먹을 수가 없었다. 비록 짧게 체험해 본 농사일이지만 소중한 결실의 가치를 깨달았기에 더욱 그러했다. 한 주머니에서 여러 알이 여무는 강낭콩처럼 형님의 불도저 같은 삶도 영글어 갔다. 수확하는 풍성한 가을의 모습 속에 그녀는 서 있었다.

설거지하는 중에 색다른 것이 얼핏 눈에 들어왔다. 싱크대 한편 수저통에서 방긋 웃음을 보이는 초록 잎이 보였다. 수저만

꽂힌 것이 아니라 조리 도구 잡동사니를 다 꽂아 놓은 통이었다. 갸우뚱하며 뒤적여 꺼내 보니 아, 싹이다. 강낭콩의 싹. 호박죽 끓이려고 씻을 때 쓰임 없다고 버렸던 콩이 튕겨서 자리를 잡았다. 내가 잊고 있었던 콩이 습한 곳에서 조용히 제 몸을 부풀린 것이다.

버려지기 싫어 묻어지기 싫어서 흙이 아닌 문명의 경계에서 고스란히 습기를 빨아들이며 자랐다. 이내 잔뿌리가 보이는 투명 유리병 속에 물을 채워 담갔다. 무심히 버려진 콩 한 알에서도 기억해 낼 것이 있다니 삶이란 것이 우리가 잊었다고 생각하는 작은 기억도 때로는 오롯이 살아나 한 조각의 퍼즐을 맞추어 준다.

훗날 어떤 사소한 것들도 화들짝 웃음 지으며 기억할 수 있도록 올곧은 처세를 하면서 살아야 할 것이다. 파들거리는 여린 싹만큼이나 마음을 가다듬어 본다. 엄습해 오는 긴장감으로 옷매무새를 매만져 본다.

# 쌍둥이 편지

구석 서랍에서 빛바랜 상자를 발견했다. 요즘은 깜박깜박해서 오래된 것들은 가끔 잊고 있을 때가 잦다. 희뿌연 더께가 세월을 말해준다. 내용물이 무엇인지 짐작은 하고 뚜껑을 열어 보았다.

모두 자필로 써서 보내온 오래된 편지들이었다. 정감을 나누던 친구도 있고, 우리 집에서 생활하다 군에 갔던 시댁 조카도 있고, 내 아이들의 반성문도 있었다. 켜켜이 쌓인 편지들이 그때의 기억을 하나씩 돌려주었다. 피식 웃음 지으며 넘기다가 연필로 휘청거리며 적힌 편지 봉투를 뽑았다. '사진 포함' 힘주어 쓴 편지는 친정 조카들이 보내온 것이었다.

턱을 괴고 잔디밭에 나란히 엎드려 찍은 사진 한 장과 나를 다독이는 듯한 내용의 흐릿한 내용이 잠시 그때로 끌고 들어갔다. 저 아이들, 내가 떠나올 때 그렇게 울며불며하던 쌍둥이, 자신들의 고모를 데려간다고 고모부가 되는 남편을 미워하던 아이들이었다. 그랬던 쌍둥이가 오히려 나를 위로하는 편지를 번갈아 보냈다.

자기들은 고모가 보고 싶어도 참고 지내고 있으니, 고모도 잘 견디며 지내란다. 이런 아이들을 남겨두고 살던 부산에서 결혼과 함께 대구로 떠나왔다. 얼마 동안은 서로 애틋한 정을 그리워하며 애달픈 편지를 주고받았다. 그 흔적을 펼쳐 보는 내내 그때의 시간으로 돌아가는 테가 감겼다. 강산이 여러 번 바뀐 세월이 흘렀지만, 쌍둥이가 나의 팔에 하나씩 휘감겨 손을 잡고 나들이 다니던 과거에서 딱 멈추어 기억을 흔들어 놓았다.

쌍둥이가 태어났을 때 나는 너무 신기했다. 내가 중학교 때 태어난 조카는 아기 엄마들이 말하듯 눈에 넣어도 아프지 않을 만큼 예뻤다. 아기를 낳은 새언니는 계속 이어가야 할 어물전 장사 때문에 한꺼번에 둘이 태어난 아기들을 보며 웃고 있을 시간이 부족했다. 하지만 나는 작은 생명의 신비함에 빠져 매일같이 학교 수업이 끝나면 오빠 집을 들렀다. 똑같게 생긴 아이 둘이 나란히 누워있는 모습을 보면 만지기가 살가웠다. 어서어서 자라기만 기다렸다.

걷기 시작할 때쯤 나는 조카들을 자주 데리고 다녔다. 틈만 나면 오빠 집으로 달려가서 쌍둥이를 업고, 걸리며 버스를 타고 부끄럼 없이 시내를 돌아다니기도 했다. 단발머리 소녀가 아이를 둘씩 데리고 다닐 때는 주변의 시선을 끌기도 했다. 그래도 이쁜 아이들보다 부끄러움이 더 크지 않았다. 조카들이 말을 배우기 시작하면서 고모라고 부르는 것을 어색해했다. 고모가 무슨 뜻이냐 물을 때였다. "응, 엄마보다 높은 사람을 고모라고 해!" 고모 존재를 각인시키고 싶었나 보다. 얼마 동안 조카들은 고모가 자신의 엄마보다 높은 사람으로 알고 지냈다. 나중에 스스로 알아버린 조카들은 항의하며 따졌지만, 우스갯소리로 지금까지 곱씹기도 한다.

조카들을 친정엄마가 돌보게 되면서 나와 함께 생활했다. 나는 어린 마음에도 아기들과 많은 시간을 함께 보내야 할 것만 같았다. 조카들도 다행히 나를 따르고 좋아했다. 휴일이면 공원이나 유원지를 데리고 다녔다. 평범한 즐거움을 느끼게 해주었다. 조카들은 어미 품을 찾아 파고드는 어린 강아지처럼 고모인 나를 엄마 이상의 감정으로 대했다. 한 명이 하는 행동을 다른 한 명이 똑같이 질투하며 따라 했다. 나누어 주는 애정을 둘에게 똑같이 돌려받는 기쁨이 있었다.

그렇게 시간이 흘러 조카들이 초등학교 5학년을 넘기기 전 마지막 달이었다. 내가 결혼하던 날이었다. 예식장 구석구석에서 흐느끼는 소리가 들렸다. 주례를 향해 서 있는 나의 귓전을 울리는 익은 훌쩍거림이 덩달아 나의 어깨를 들썩이게 했다. 조카들은 떠나는 고모가 서운해 울었다. 새언니는 그런 조카들의 모습을 보며 속상해서 울었다. 주례의 말씀은 하나도 기억되지 않고 만감이 교차하는 결혼식이 되었다.

큰조카가 대학에 입학했을 때였다. 신입생 환영회를 마치고 귀가하던 중 길거리 공중전화 부스에서 전화를 했다. 소음이 절반을 채운 전화기에서 들려오는 조카의 목소리는 선명히 구별되었다. 정의 깊이는 느낌만으로도 가늠하는 것인지, 이미 목소리가 젖어 있음을 감지했다. 녀석이 울고 있었다. 한참을 울먹이더니 무겁게 말을 이어갔다.

"고모야, 나를 이렇게 잘 자라게 해줘서 고마워……."

조카는 더듬더듬 계속 말을 이어갔다. 부모의 자리가 필요했을 때 내가 옆에 있어 주었단다. 나와 할머니의 관심 속에서 정을 느끼며 자랄 수 있었단다. 한참을 전화기를 잡고 옹알이하듯 넋두리하는 조카를 어떤 대답으로 응대했는지 함께 울먹이며 전화를 끊은 기억밖에 없다.

불혹을 훌쩍 넘겨버린 조카 중 큰조카는 가정을 꾸려 어엿하게 살고 있다. 여러모로 속 깊은 행동이 나를 자랑스럽게 할 때가 많다. 아직도 엄마보다 높은 사람이 고모냐고 놀리기도 하지만 한 번씩 웃게 하는 옛 기억이 된다. 일란성 쌍둥이라 어릴 때는 구분이 어려울 정도로 똑같았다. 자라면서 성품과 외모가 조금씩 달라졌다. 유쾌하게 남을 웃길 줄도 알았다. 성악가처럼 엄중함을 담아 명곡을 들려줄 때는 나 혼자 청중이 되었다.

작은 녀석도 가족이 생겼을 때 어릴 적 이야기들을 많이 들려주고 싶다. 나를 사이에 두고 서로 잠을 자겠다고 가위, 바위, 보를 했던 일, 똑같은 모습으로 재롱을 피우던 일 등은 굳이 말하지 않아도 추억할 부분이다. 나를 다독이던 편지를 꺼내놓고 다시 읽어준다면 한 번 더 호탕하게 웃을 테지. 어서 명석을 깔아 놓고 지난 기억을 군고구마 구워내듯 구수하게 풀어내고 싶다.


## 냄새


투명한 채 모두 드러낸 몸을
손바닥으로 받아내 문지른다.
문지른 손에서 돋아나는 바다 내음
새벽 항구를 한낮인 양 누비고 다니다 만나
어물전 좌판 위에서 마주치는
그녀 눈 속에 그들
거침없이 비린내를 자르던
앞치마 두른 새언니의 손끝 냄새
종종거리는 촘촘한 발길을 타고

각다귀 날름거리는 허공 사이로 풍긴다.

바다를 온통 끌어안으며

일렁이는 잔주름으로 퍼져가는

마중물이 된 언니의 웃음

다시 항구를 떠다니기 위해

생선 비린내로 잠시 머문다.

가진 것 다 주고 싶다는 그녀가

가진 것보다 넘치게

비 오는 날 냄새로 다가온다.

**4부**

손꼽아 보는 시간

# 손님

손님이 온다는 연락이 왔다. 언제부터인가 나에게 손님의 의미는 다르게 다가왔다. 미리부터 손님이 기거할 방 청소를 하고 식사 메뉴를 짜느라 바쁘다. 손님이 좋아할 음식을 떠올리며 하나씩 준비를 했다. 고즈넉한 산속 움막집이 분주해지는 느낌이다. 함께 살아야 할 자식들이 이젠 한 번씩 들르는 손님이 되었다.

남편이 서둘러 마중을 갔다. 기차역과는 제법 거리가 먼 우리 집은 손님이 곧바로 오기에는 불편한 점이 있다. 지하철과 버스를 한 번씩 갈아타야만 한다. 손님의 불편을 덜어 주기 위해 마중을 간 것이다. 그 시간 동안 집에서 기다리는 나는 손님맞이하는 설렘을 감출 수가 없다. 집에 도착하는 시간을 확인하며 상차림을 준비했다. 평소에 아이들이 좋아하던 것과 나의 정성이 묻어나는 것들을 준비했다. 남편과 둘이 있으면 대충 차려 먹던 식단이 제법 근사하게 차려진 것 같다.

내가 우리 집을 찾는 모든 손님에게 이런 마음으로 상을 차렸 던가 되짚어 보게 된다. 지난날 우리 집에는 참으로 많은 손님 이 방문했었다. 지금처럼 방이 여러 개가 있을 때는 좀 괜찮았 지만, 단칸방에서 신혼살림을 살고 있을 때는 여간 불편한 것이 아니었다. 큰집 조카들과 친정집 조카들 여러 명과 우리 부부가 함께 생활할 때도 있었다.

이때는 아이들이라 견딜 수 있었지만, 어른이 함께 생활할 때 는 곤혹스러웠다. 방 한 칸에 붙어 있던 주방이 세면장도 되고 출입문도 되는 곳이라 손님에게 예의와 격식을 갖추기에는 너 무 열악한 환경이었다. 아직은 남편과도 어색한 신혼에 쉴 새 없이 손님이 드나들었으니 때로는 쓴 약초를 입에 문 표정을 했 어도 변명이 아니었다.

주인집 대문이 삐걱 열리는 소리만 나도 벌써 심장이 두근거 렸다. 지금처럼 전화 연락하고 방문하는 것이 아니라 손님은 예 고 없이 찾아왔다. 서너 평 남짓 되는 방 안이 거실도 되고 안방 도 되었다. 잠들기 전까지 남편과 조곤조곤 담화 나누다 주무시 는 어머님과도 나란히 한 방에 누워서 잠들어야 했다. 모든 것 이 서툴렀던 신혼 초에는 결혼생활이 그런 것인 줄 알았다.

찬 바람이 허허로이 불던 겨울이었다. 첫아이 산달이 다가오고 있었다. 만삭인 배를 끌어안고 뒤뚱거리며 힘겨운 나날을 보내고 있었다. 아기를 품고 있어 힘들었던 게 아니라 임신 중독을 겪고 있었던 터라 고충이 더했다. 임신 초기부터 요란한 입덧으로 제대로 먹지 못해 여덟 달이 지날 때쯤 안면마비증세가 나타났다. 퉁퉁 부은 얼굴 한쪽은 제대로 움직이지 않았다. 어색한 표정과 어정쩡한 몸짓으로 손님을 맞이했을 때 손님의 마음도 불안했다.

손님은 반가워야 하지 않는가. 그때 나에게 손님은 중추신경을 곤추세우게 하는 일이기도 했다. 어떤 연유로 오는 걸까, 며칠을 묵었다 갈 것인가, 어떤 음식을 준비해야 하나, 머릿속은 바빴다. 시골에서 도시의 병원을 가기 위해서, 나에게 맡겨놓은 자녀를 보기 위해서, 삶의 애환을 나누는 시누이의 담소 장소가 되기 위해서, 다양하게도 우리 집은 각각의 정거장이 되었다. 정거장은 다음 차가 올 때까지 잠깐만 쉬었다 가는 곳이라는 것을 미리 알고 여유 있게 마음을 먹었더라면 손님맞이 하는 내 얼굴의 화색이 좀 더 밝아졌을 터인데

모든 일은 시간 속으로 사라져 버린다. 그렇게 분주하던 손님들도 이제는 각기 목적지에 도착하여 정거장의 도움은 필요치 않다. 지금 이 한적한 오두막집 같은 정거장에 그때의 손님들이 쉬어간다면 가끔 새소리도 들려주고 장작불을 지펴 김이 모락모락 오르는 고슬한 밥도 지어 줄 텐데, 그래서 반색하는 주인

장이 되어 한결 아늑한 휴식을 취하게 해줄 텐데. 스쳐 지나는 수많았던 손님들을 떠올리며 늦은 아쉬움을 담아본다.

마중 간 남편 차가 도착할 시간이 되었는데 조바심이 났다. 베란다에서 내려다보며 목을 빼고 있었다. 지난날 삐걱대는 대문 소리에 두려움부터 일던 때와는 사뭇 다르다. 아이들이 일렁이는 그림자라도 먼저 보고 싶어 주차한 차를 향해 시선을 못 박고 있었다. 승용차 문이 열리는 순간 아이들 이름을 부르며 손을 흔든다. 아이들은 고개를 올려다보며 함께 손을 흔든다. 이렇게 내 자식들이 손님이 될 줄 어찌 알았으랴.

아이들이 묵는 동안 나는 완벽한 주인장이 되었다. 종일 주방에서 손에 물이 마르지 않아도 즐거웠고 밤을 잊으며 노닥거려도 피곤하지 않았다. 그렇게 손님이 기거한 이틀 내내 웃으며 들뜬 마음으로 보냈다. 손님을 배웅하고 돌아오는 앞산 순환도로에서 서산으로 기웃거리는 해님과 시선을 마주했다. 온종일 창창한 열을 토해내며 하늘의 손님이 되었던 해가 떠나가면서도 저렇게 눈부시다. 아마도 손님 대접을 제대로 받아 충전된 활력이 남아 있기 때문이 아닐지.

기차에 몸을 실었을 손님들, 언제 또 오시려나 애써 손꼽아본다.

# 김밥집

사람의 표정은 그 사람의 성품이 묻어 있다. 애써 웃음 짓지만 멀게 느껴지는가 하면 가만히 있어도 다가가서 말을 붙여 보고 싶어지는 사람이 있다.

특히 시장을 다니다가 똑같은 물건을 파는 집이 나란히 붙어 있으면 기웃거리다 정감이 가는 쪽으로 찾게 된다. 우리 동네는 아파트 사이로 작은 시장이 있다. 오밀조밀 모여 있는 시장에는 규모는 작지만 나름대로 구색은 갖추고 있어 마트를 찾다가도 한 번씩 둘러보게 된다. 시장 중간을 가로지르는 작은 통로를 사이에 두고 김밥집이 마주하고 있다. 이 통로를 지날 때면 나는 괜히 시선을 땅에 꽂고 지나게 된다.

오른쪽 김밥집은 유난히 사람이 붐빈다. 젊어 보이는 여자가 사람이 지나가면 생글생글 눈웃음을 치면서 입으로는 인사를 하고 손은 김밥을 말고 있다. 그냥 지나치려다가 멈칫 여자와 눈이 마주치면 덩달아 함께 웃으며 다가가게 된다. 왼쪽 김밥집은 호리호리한 체격에 오십 대쯤 되어 보이는 여자가 무표정한 인상으로 무척이나 바쁜 듯이 묵묵히 일만 하고 있다. 어떨 때는 시선이 마주치지 않아 편할 때도 있다.

나란히 붙어 있는 두 집에서 망설일 경우 먼저 웃어주며 반기는 쪽으로 누구든 발걸음을 옮기게 된다. 나는 자연스럽게 오른쪽 김밥집으로 갔다. 먹을거리는 되도록 직접 만들어 먹자는 주의인데 김밥은 예외일 때가 있다. 한 줄 정도 필요한 김밥을 만들어 먹자면 오히려 재료비가 몇 배나 더 들어가기에 언젠가부터 가끔 사 먹게 됐다.

이곳은 손님이 보는 앞에서 즉석에서 만들어 주는 것에 괜한 신뢰감이 생겨 찾게 되었다. 애초에는 김밥을 사면서도 아는 사람이 지날까 봐 조심스러운 마음이었다. 음식은 만들어 먹어야 한다는 나의 오랜 관념에 대한 스스로 자책이었다. 김밥을 사 먹어 보니 편리했다. 적은 돈을 주고도 한 끼의 식사를 해결할 수 있고 우선은 가까운 산을 오를 때도 간식으로 적당한 메뉴가 되었다.

나의 성격상 어느 가게든 한 곳만 계속 들르는 습성이 있어서 가는 곳 외에 다른 한쪽은 외면하듯이 지나다녔다. 그런데 그 외면의 방향이 바뀌는 일이 생겨나고 말았다. 남편 친구와 우리

부부가 산행하는 날이었다. 내가 배정받은 음식이 김밥이어서 아침 일찍 김밥집의 위치를 알려 주고 남편에게 부탁했다. 예정 시간이 지나도 돌아오지 않는 남편을 찾아 나섰더니 왼쪽 김밥집 앞에서 서성이고 있는 것이 아닌가, 오른쪽 김밥집 주인은 나를 보더니 자기네 집에 오던 사람이 왜 그 가게로 갔냐는 눈치이고 왼쪽 김밥집 주인은 새로운 손님을 만났다는 눈치가 동시에 쏠렸다.

순간 당황한 나는 두 주인장의 시선을 받아들이지 못해 아무것도 모르는 남편 옆구리만 찌르고 부리나케 계산하고 종종걸음으로 와 버렸다. 그날 산행을 하고 일행들과 점심을 먹을 때 내어놓은 김밥을 보면서 자꾸만 오른쪽 김밥집의 주인 얼굴이 떠올랐다. 그런데 김밥을 먹는 사람 모두 김밥이 맛있다고 탄성이었다. 나도 먹어 보니 오른쪽 집 것보다 감칠맛이 있는 것이 맛이 달랐다.

사람의 인연을 쉬이 여기는 것은 아니지만 난감한 상황이 되었다. 내가 지나다니는 길의 방향을 바꿀 수도 없고 이제 두 김밥집의 시선이 부담스럽게 되었다. 왼쪽 집 김밥이 맛이 덜했다면 그대로 찾던 집에 갈 수도 있는 일인데 확실한 입맛을 느껴 버려서 내 돈을 주고 음식을 사 먹으며 눈치를 봐야 하는 상황이 되었다. 갈등하다 한 번 더 왼쪽 집에서 김밥을 사는 일이 생겼다. 이젠 어쩔 수 없이 단골이 바뀌어 버렸다. 왼쪽 김밥집 주인에게 남편이 여기서 한 번 사 오더니 맛있어서 계속 찾는다며 멋쩍은 변명을 씌웠다. 이제는 왼쪽 김밥집 주인이 나를 보며 먼저 웃으며 인사를 건넨다. 참으로 사람의 심리라는 것이 이렇게 사소한 것과 교전을 벌이다니 어느 쪽 가게를 선택하든 자연스럽게 드나드는 것이 손님의 선택이지 않을까?

그것이 주인에게도 부담스럽지 않은 일일진대 괜한 짐작으로 혼자 문제 삼고 있는 내가 우습기도 했다. 두 김밥집의 주인은 나 하나 손님을 잃는다고 해서 생계에 지장이 오지는 않을 것이다. 또한 바뀐 단골을 눈여겨 두고 불편하게 할 만큼 한가하지는 않을 것인데 아무 곳에나 오지랖을 펼쳐 심지를 흔들고 있는 나를 달구치게 되었다.

사람의 표정도 그렇다. 정감 가는 표정을 짓고 있는 사람이 친근하게 느껴지기는 하지만 대화를 하다 보면 내면이 드러나 끌리는 사람이 있다. 애초에 왼쪽 김밥집 주인에게서 느꼈던 냉랭함이 단골이 되고부터 온화함으로 바뀌었다. 김밥 한 줄을 팔면서도 어디 가는 길이냐, 어딜 다녀오느냐, 덤으로 인사말을 챙기는 것을 잊지 않는다. 표정만 보다가 연륜이 묻어 있는 편안함을 미처 발견 못 했다. 한 줄의 김밥을 살 때 민망함을 덜어 주는 주인의 배려를 대화해 보기 전에는 몰랐던 것이다.

나도 이제 누가 봐도 나이 듦이 드러난다. 특히 여성의 인상은 그 사람이 살아온 흔적이라고 말한다. 내가 남의 인상을 운운하기보다 내 얼굴을 먼저 들여다봐야 한다는 것을 잊었다. 애써 웃음 짓지 않아도 가깝게 느껴져 친근하게 다가서고 싶은 사람인지, 인상은 그렇지만 대화를 하다 보니 정감이 가는 사람인지 물어볼 일이다.

이도 저도 아니면 그저 주변을 의식하지 않고 땅끝에만 시선을 꽂으며 내 길만 가는 사람인지도 알아보고 싶어진다.

# 그림을 만나다

　이르게 결혼한 딸이 새해 친정 나들이라는 명분으로 방문했다. 대학을 타지에서 다녔으니 딸의 아침을 챙기는 일은 고등학생 때의 추억을 소환하는 일이다. 설렘을 동반한 회심에 찬 식사를 차려놓고 슬며시 잠자고 있는 딸의 방을 들어갔다.

　예전처럼 고운 두 발을 곰지락거리며 자는 모습이 귀엽다. 그 발을 한겨울에도 이불 밖으로 내놓고 자는 버릇이 있다. 내 발이 큰 편이어서 그런지 딸의 발은 유난히 작아 보인다. 숨길 수 없는 습관이 발동했다. 옛 기억을 떠올리며 살며시 발을 주물렀다. 언제나 그렇게 아침을 깨웠기에.

　사람에게서는 발만 보아도 그 사람의 성격이나 생활을 엿볼 수 있는 것 같다. 딸아이의 발을 보면서 성격을 세밀히 짚어 본다. 속내를 잘 드러내지 않고 묵묵히 할 일을 하는 처연함이 어느 척박한 땅에서도 뿌리를 내리며 꽃을 피우는 들국화를 생각하게 한다. 딸에게서는 언제나 국화꽃 향기가 났다. 발을 주무르며 국화 향기를 맡을 수 있다니 나 같은 팔불출이나 해명할 수 있을 일이다.

잠을 더 청하느라 뒤척이는 딸을 조금 더 자도록 두고 거실로 나왔다. 방문 앞에서 바로 보이는 딸이 그린 그림 앞에 섰다. 진한 눈썹과 검은 머리를 한 소녀이다. 턱을 괴고 엎드린 채 살짝 치켜뜬 눈빛은 새로운 것을 향해 도전할 것 같은 의지가 보인다. 곧추세운 콧등에서는 신뢰할 수 있는 믿음을 느끼게 되는 생생한 사진 같은 그림이다.

연필을 사용해서 그린 섬세한 인물 그림은 딸아이가 고등학교 미술 시간에 그린 자화상이다. 내가 그림을 보는 세련된 시각은 없지만 그림 앞에 서면 편안함이 느껴진다. 그 이유가 뭘까, 생각해 보니 흑백이 주는 여백의 안정과 내 아이가 그렸다는 무조건 신뢰가 마음을 붙들게 된다.

하루에도 몇 번씩은 스치는 그림이지만 늘 새로움을 느끼게 된다. 그림 앞에 서 있으면 딸의 잔잔한 소묘가 새물내처럼 향기로 다가온다. 언제나 반복되는 일이어도 지겨움 없이 태어나서부터 성장할 때까지의 모습을 변화 있게 바라보게 된다. 딸의 그림은 내가 바라보는 것만이 아니라 또 다른 그림을 볼 수 있는 마음을 열어주고 있다. 직접 자신의 모습을 연필심 한 획씩 그어가며 완성한 그림을 처음 보았을 때, 가슴 저 밑에서 소리 없는 울림을 느꼈다. 언제부터 그림을 내 시각대로 유추하고 친밀한 척 오감을 자극했는지 모를 일이다.

나는 딸이 문학소녀로 자라기를 바랐다. 내가 이루지 못했던 꿈을 딸에게 대리만족을 얻고 싶었는지도 모른다. 어릴 때부터 온갖 백일장은 다 데리고 다녔고, 글짓기 공모전에는 어디든 응모를 했다. 엄마의 의지대로 끌려다니지는 않을까 염려가 되었지만, 딸도 흥미를 느꼈다. 결과도 나쁘지 않아 참여하는 대부분은 성과를 얻었다. 학교 교문에는 몇 번이나 휘장이 걸리고 교지에는 빠지지 않고 이름이 실렸다.

그렇게 흥미를 이어가던 딸의 심연에 변화가 생기게 시작한 것은 중학교 때였다. 표정에서 묻어나는 근심이 무엇인지 물었다. 딸은 입을 떼기 전에 눈물부터 쏟아냈다. 무엇이 그렇게 울게 했는지, 그 순간은 쉽게 짐작을 못 했다. 한껏 흘려낸 눈물을 닦고서 딸은 입을 열었다.

"엄마 나 그림 하고 싶어, 그런데 하지 말라고 할 거잖아."

혼자서 많이도 생각했던 모양이다. 평소 속내가 깊은 줄은 알고 있었지만 혼자 가슴 태우며 이렇게 심사숙고하는 줄은 몰랐다. 생각해 보니 초등학교 때부터 미술 과제가 있을 때 무척이나 즐겁게 하고 있던 모습이 떠올랐다. 만들기며, 그리기 과제는 밤이 깊어가는 것도 잊은 채 완성했다. 그때는 딸이 좋아하는 것이 미술이라는 것을 미리 감지하지 못했다. 그림 앞에서 더 빛나는 딸을 진즉에 발견하지 못했다. 갑자기 미안했다. 내가 좋아하니까 딸도 좋아할 거라 생각하며 백일장을 끌고 다녔던 나는 아이의 속성을 제대로 파악하지 못한 엄마가 되었다.

눈물 속 대화의 효력이 발생하기 시작했다. 남편한테도 딸의 깊은 의지를 전달하여 홍에 도움을 주기 시작했다. 이제 딸한테 미술은 단순한 미술이 아니었다. 자신의 꿈을 이어줄 끈이 되어 갔다. 공부와 미술을 병행하기란 지켜보기만 해도 힘겨웠다. 친구들 공부하는 시간에 실기하고 친구들 잠자는 시간에 공부했다. 자정이 넘은 시각이 되어서야 습기가 빠진 휑한 몸으로 차에 탔다. 그래도 표정은 밝았다. 자신이 하고 싶은 일을 하는 것이 어떤 의욕을 가지게 되는지 모습으로도 알 수 있었다.

국화가 제 모습을 뽐낼 때쯤이었다. 시곗바늘이 자정을 알리는 시각에 학원 앞에서 딸을 기다리고 있었다. 흐느적거리며 걸어온 딸이 차에 풀썩 앉았다. 갑자기 국화 향기가 번졌다. 국화꽃을 놓고 정물화를 그렸는데 완성하지 못했다며 투덜댔다. 나는 위로한답시고 "완성하지 못한 그림을 몸으로 옮겨 왔나 봐, 국화 향기가 그대로 남아 있네!" 어쭙잖은 말로 자신을 위로하려는 엄마 마음을 알아차렸는지 피식 웃었다. 그날은 평소보다 많은 이야기로 또박또박 미래의 메모를 펼쳐 보였다.

힘들게 공부하는 딸에게 나의 어설픈 행동으로 웃게 하고 싶었다. 그것이 위로라고 생각했다. 새롭게 습작 그림을 만나면 언제나 극찬했다. '인도 아이'라는 그림은 피카소의 그림보다 더 훌륭하다며 너스레를 떨고 파스텔로 그린 풍경화는 샤갈의 그림보다 멋져 보인다며 힘주어 칭찬했다. 미완성 작품은 이젤에 끼워 거실 벽에 세워 놓고 날마다 심취해서 감상했다. 나는 그림을 바라보고 그림은 나를 바라보고 있었다. 윤이 나는 머릿결에서 차분한 성품까지 드러낸 딸의 자화상은 오랜 시간이 지난 지금의 모습과도 달라진 것이 없다.

딸의 곰살궂은 손길에 대한 기억은 그림 앞을 지나면 국화 향기 스치듯 살아난다. 작은 손으로 대범하게 그림의 획을 긋기도 하고 세심히 다듬는 손의 터치가 때로는 나의 엄마 손길 같을 때도 있었다. 축축 처진 몸을 이끌고 집에 돌아온 딸이 가끔 여린 무릎 위에 나를 눕혀놓고 흰머리를 뽑아 줄 때가 있었다. 딸의 손길은 포근했다. 수북이 뽑힌 흰머리는 그 숫자만큼 사랑이었다. 난 아이처럼 누웠고, 딸은 엄마처럼 머리카락을 뒤적이며 흰머리를 뽑았다. 화폭에 담긴 그림은 아니지만, 딸이 내 마음속에 그려 넣은 흐려지지 않는 그림이다.

잠에서 깬 딸은 발바닥으로 서각서각 거실 바닥을 그으며 걸어 나왔다. 곧 그림 속에서 빠져나온 듯한 딸이었다. 등교할 때 한 숟가락이라도 먹이고 싶어 밥을 먹고 있는 동안 머리를 말려

주던 때가 다시 생각났다. 머리를 매만진다는 것이 얼마나 서로의 온기를 느끼게 하는 일인지 그 시간 동안 참으로 따뜻한 대화가 오갔던 기억이 되살아났다. 눈을 비비며 소파에 앉은 딸과의 다음 장면은 그 추억을 복습해 보는 것이었다.

나에게 딸과 모든 추억은 그림으로 각인되어 있다. 지금은 멀리 떨어진 곳에서 지내고 있지만, 온갖 기억을 살려주는 그림이 거실에서 숨 쉬고 있기에 날마다 이야기하듯 바라보며 호흡을 느낀다.


비 오는 날


메마른 일상에서
파란 하늘 맑은 물 뿌리듯
비 내리는 날
빛 받지 않은
풀꽃이라고만 여겼던
어린 딸아이가
비를 맞자 한다.


난 소녀

아이는 나이 든 중년

가슴속 묻어 둔 한 점 그리움과

풀 향 스민 희망이 어우러진 삶이 통한다.

후두둑

후두둑

청아한 빗소리를 좋아하는

내 아이는

눈부신 무지개 꽃으로

피어났으면 좋겠다.

# 옥탑방 온정

　남편이 한 아름 푸성귀를 들고 왔다. 여러 단의 파를 뿌리째 뽑아 묶은 것과 성급하게 꺾은 듯한 옥수수의 모양새를 보아하니 어디서 들고 왔는지 짐작이 간다. 영락없는 4층 아저씨네 것이다. 가지, 오이, 상추를 넘치게 들고 온 남편은 주방 바닥에 진열해 놓고 가지고 온 경위를 설명하기 바쁘다. 언제나 아저씨네만 다녀오면 남편은 상기된 얼굴로 근황을 설명하느라 평소보다 말이 많아진다.

　그 집을 떠나온 지 이십여 년이 넘어가건만 아저씨는 정을 놓지 않고 기억해 주신다. 푸성귀를 하나씩 정리하면서 아저씨 아줌마가 뙤약볕 아래서 따로 우리 몫을 챙겼을 정성이 느껴졌다. 내가 미약하나마 누구를 따뜻하게 대하는 것은 새댁이라 불리던 신혼 시절 아저씨 아줌마의 훈훈한 인심을 전해 받았기 때문이다.

뜨겁게 열이 내리쬐는 여름이었다. 그해 대구는 40도 가까이 육박하는 기상관측 이래 최고의 고온을 기록했다. 어느 곳이든 더웠지만 열을 온전히 다 받아들이는 옥탑방은 피할 곳이 없는, 말 그대로의 한증탕이었다. 콘크리트 벽은 온종일 다 받아들인 열기를 뱉어내느라 새벽이 되도록 후끈거렸다. 나는 그 옥탑방을 5층 집이라고 불렀다. 정면에서 보면 4층 건물인데 측면에서 보면 5층이었기 때문이다. 어린아이들이 오르내리기에는 불편한 계단이 있었지만, 걸음마를 하고부터는 잘도 오르내렸다. 5층에서 계단을 내려가면 주인집인 아저씨네 집이다. 아이들은 그 집을 제집 드나들듯 했다. 그때는 그곳이 세입자의 눈치 한 번 느끼지 못한 편안한 집이었다. 아이를 낳아서 키운 5년이라는 세월 동안 즐거운 기억을 간직할 수 있었던 것은 참으로 주변을 밝게 해주는 사람의 온정을 기억하고 있기 때문이다.

지금 생각해 보면 어린아이 둘을 데리고 바동대는 새댁이 뭐가 그리 철이 들었을까. 모르는 것이 태반이었을 텐데 아줌마는 그저 나만 보면 막냇동생 바라보듯 다독여 주셨다. 옥수수를 찜솥 가득 푹 삶아내는 넉넉함을 배웠고, 시골 마당처럼 옥상 전체에 배추와 무를 넣어놓고 김치 담그는 법을 배웠다. 주부한테 가장 어려운 전통 장 담그기, 고추장, 김장 등을 모두 아줌마에게서 배웠다.

달리 이웃이 없던 나는 남편이 출근만 하면 친정집 찾아가듯 이 쪼르르 계단을 내려 4층에 갔다. 지난밤에 있었던 사건을 시시콜콜 아줌마에게 보고하였다. 잘한다 하면 더 잘하고 싶어 하는 본성이 나에게는 있어서 그런지 날마다 칭찬해 주는 아줌마 앞에서는 뭐든지 잘하고 싶었다. 정말이지 내가 뭐든지 잘하는 사람인 것 같았다.

불볕더위의 열기로 가득한 옥상에 물을 뿌려 식혀놓고 거기에 돗자리를 깔고 누워 별을 바라보며 아이들과 별 나누기를 했다. 그 기억은 도심에서 평생을 자란 나에겐 더없이 아름다운 기억이다. 옥상 가장자리에 아저씨는 흙을 퍼 올려 작은 화단을 만들었다. 갖은 꽃들을 심고 가꾸라고 했다. 서툰 나는 바라만 보았지 결국은 아저씨의 손길로 해바라기가 자랐고 보라 꽃을 피운 도라지가 자랐다. 나는 해바라기가 해님의 얼굴을 따라가며 부끄러워 고개 숙이고 도라지가 2년 이상이 지나야 비로소 먹을 수 있는 뿌리가 생긴다는 것을 그때 알게 되었다.

달구어진 방 안에서 잠시도 견디기 어려운 상황이라 그해 여름날 잠 못 이루는 밤은 옥상에서 나날을 보냈다. 그러나 아이들에게는 즐거운 놀이터였다. 낮에는 바람을 불어넣고 만드는 대형 풀장에서 온종일 물놀이를 했다. 두발자전거도 마음대로 탔고, 마당같이 넓은 옥상은 온통 우리 차지였다. 남의 집에 세들어 살면서 이리도 자유로울 수 있었을까. 빛과 그림자는 공존하지만 나에게 빛이 더 강하게 자리하는 것은 더위보다 더 따뜻한 사람들이 있어서 그렇지 싶다.

집주인이 뒤바뀐 듯한 생활이 아저씨는 왜 불편하지 않았을까. 싫어도 싫은 표정 짓지 않은 자비로움이 아저씨에게는 있었다. 아저씨는 특별한 배려가 있었다. 농사지으시던 넓은 전답이 아파트 부지로 전매되었지만, 농사에 손을 놓지 않으셨다. 밭을 가꾸었다. 일상에 밴 생활 그대로 골고루 동네에 베풀며 농군의 인심을 이어갔다. 그렇게 아저씨의 진심이 보이는 삶은 철없이 바동대며 살아가던 마른 나의 마음에 온기로 채워졌다.

사람에게는 유별나게 기억이 되는 인생의 한 부분이 있다. 5층에서의 생활 5년은 떠올리는 것만으로도 한 번쯤 그 자리에 다시 서고 싶은 마음이 일어난다. 아이가 좁은 주방 창을 통해 아빠를 부르며 퇴근을 기다렸던 집, 옥상 텃밭에서 피는 보랏빛 도라지꽃을 볼 수 있었던 집, 어린 남매가 세발자전거를 타고 옥상을 누비던 집이 종종 그리워진다.

생각해 보니 내가 참으로 복이 많은 사람이다. 어디서든 좋은 사람을 많이 만난다. 좋은 사람을 만나게 되면서 겸손과 반성을 배운다. 서툴러서 겉돌 수 있었던 주부 초년생 시절에 보이는 것보다 더 깊이 감동해 주고 부족한 자리를 넓게 채워 주었던 아저씨네 가족, 함께 생활하면서 깨달음을 배웠기에 나도 가끔 누구를 칭찬해 줄 수 있는 여유를 부리는지 모르겠다.

아저씨가 주신 푸성귀들을 하나도 헛으로 버리지 않으려고 제 역할을 찾았다. 옥수수는 간을 해서 폭 삶았다. 식으면 알알이 훑어서 얼렸다가 아들이 오면 줄 참이다. 가지는 쪄서 가늘게 찢어 청양고추를 다져 넣고 무쳐 놓으면 남편이 잘 먹는 반찬이 된다. 오이는 채 썰어 시원한 냉국을 만들었다. 이제 상추는 살살 씻어 강된장과 함께 삼겹살을 구워 쌈 싸먹을 요량이다. 아저씨네 인심 덕에 저녁 식탁이 그득해졌다.

# 그때 그 우물

더운 기운이 얼굴을 덮친다. 기상 이변 탓에 제대로 봄을 느낀 것 같지 않은데 건너뛴 여름 기운이 한낮을 데우고 있다. 해마다 이맘때는 가까운 산에서 송홧가루가 인사하듯 풀풀 날아들었다. 거실까지 들어온 노란 가루를 자주 닦아야 하는 불편함은 있지만, 계절을 알리는 신호여서 그리 싫지는 않다.

얼마 전에 옮겨 심었던 화초가 제 뿌리를 못 내리고 있는지, 잎사귀가 푸석하다. 오랫동안 하나의 화분에서 자라고 있는 화초는 조금 무심해도 보채지 않지만, 자리를 이동시킨 화초는 칭얼대는 아기처럼 수시로 관심을 쏟아야 한다. 오늘은 모든 화분을 훑어봐야겠다.

늘 하는 대로 대야에 받은 물을 바가지로 떠 화분에 준다. 화분을 쓰다듬듯이 둘레를 어루만져 가며 조금씩 조금씩 스며들 도록 부어준다. 잎사귀는 젖은 걸레로 촉촉이 닦아준다. 틈새로 날아 들어와 앉은 먼지가 깨끗이 닦여지고 싱그럽게 흔드는 잎 새의 가벼운 몸놀림을 보니 내 마음도 한결 가벼워져 온다. 화 초들이 몸 단장했으니 베란다 바닥 청소를 해야 할 차례이다. 걸레를 빨아서 무릎을 굽히고 앉아 닦는다. 샤워기로 뿜어서 하 는 청소가 상쾌할 수도 있겠지만 참을성 없이 쏟아내는 물소리 가 거슬려서 자주 쓰지 않는다.

아파트의 물소리는 냉온수 사이 중간만 돌려 틀어도 쇠 소음 이 울린다. 고층까지 물을 끌어당겨 오르자니 힘이 들어서 나는 소리로 들린다. 난 그 쇠 소음이 적응이 안 된다는 이유로 언제 나 찬물 쪽으로 가장 약하게 물을 켜서 사용한다. 물소리는 청 아함이 있어야 한다.

뚝 뚝 한 방울씩 떨어지는 평화의 소리, 머리를 어지럽히는 문명 속에서 마냥 문맹을 그리워하는 울림 같은 그 소리가 난 좋다. 그래서 베란다 수도꼭지 아래는 커다란 대야를 받쳐 놓고 똑똑 떨어지는 물방울을 모은다. 그렇게 하루가 지나면 큰 대야 에 가득 찬다. 이 물로 화초에 물도 주고 청소도 한다.

시대에 어울리지 않는다는 소리도 가끔 듣지만 세탁기 앞에 도 큰 물통과 여러 개의 대야가 있다. 여기에는 사용한 세탁기 의 마지막 물을 받아 놓는다. 이 물로 며칠 동안의 걸레 빨래는 충분히 할 수 있기 때문이다. 바가지로 퍼서 철퍽철퍽 걸레를 흔들어 씻어야만 개운하게 씻긴 것 같다. 걸레를 빨면서 수돗물을 콸콸 틀어서 씻는 것은 왠지 물이 아깝다는 생각이 든다. 시대를 역행하는 듯한 내 처세에는 물을 양식 저장하듯이 길러 모았던 어릴 때의 기억이 있기 때문이다. 산동네에서는 수돗물보다 산 아래 공동 샘물을 식수로 사용하였다. 매일 정해진 오후 시간에 "물 길으러 갑시다." 하는 신호가 누군가의 입에서 울려 퍼지면 하나둘씩 물동이를 들고나왔다. 그날그날 샘에 고인 물의 양에 따라 개인의 분량이 주어졌다. 비가 온 뒤에는 얼마 동안 제한 없이 길러도 되었고 가뭄이 생기면 일주일에 두세 번밖에 기회가 없었다.

물동이를 줄 세워 놓고 차례대로 바가지로 퍼서 담는다. 먼저 한 바가지 떠 목을 축인다. 그 물맛이란 지금의 정수기라는 기계를 통해서 쪼르륵 받아먹는 물맛과는 사뭇 다르다. 학교에서 돌아오면 직장 다녔던 엄마 대신 제일 먼저 했던 일이 물 긷는 일이었다. 식수와 허드렛물을 분리해서 물통마다 가득히 채워 놓고 나서야 숙제를 하곤 했다.

물통, 항아리, 대야에 찰랑거리는 물을 보면 마음이 그득했다. 마치 가득 찬 곳간을 바라보는 아낙의 심정이 그렇지 않았을까? 그런 날은 엄마의 흡족한 표정을 볼 수가 있었다. 가득 담긴 물은 평온함이 전해진다. 사람도 사랑을 가득 품고 있는 사람이 인품이 묻어나지 않는가. 무엇이든 조급해지는 요즘 담긴 물을 한 바가지씩 떠서 쓰는 여유로움도 느껴봄 직하다.

갓 결혼했을 때 아버님 제사가 있었다. 시골이지만 지대가 높았던 시댁에서는 물이 귀했다. 산에서 내려오는 물을 큰 탱크에 모았다가 일정한 시간을 맞추어 동네 사람들이 나누어 썼다. 그 해는 가뭄이 계속되고 유난히도 더웠던 여름으로 기억된다. 물 탱크의 물이 줄어들어 수도꼭지를 트니 마른 바람 소리만 들려 왔다.

형님과 나는 물을 긷기 위해 이웃 마을 우물까지 갔었다. 한 동이씩 머리에 이고 와서 음식 준비를 했다. 푸성귀며 빨랫감은 우물가에 가서 씻어 왔다. 양철에 막대기가 가로질러진 두레박 은 물 퍼 올리기가 서툴렀다. 출렁거려 가며 길어 올린 물을 큰 대야에 쏟아부어 찰랑찰랑 물방울을 튀겨 가며 푸성귀를 씻었 다. 제대로 씻기는 느낌이었다.

우물가에 앉아 얼굴을 마주 보며 형님과 나누는 대화는 저절 로 정겨움이 묻어났다. 일하면서도 즐거웠다. 물동이를 머리에 이고 오며 가며 바라보이는 들녘의 풍성한 여유로움이 조급하 지 않게 해주었다. 새댁인 내가 형님과 가까이할 수 있는 가교 역할이 되기도 했다. 모든 것이 첫 경험이었던 향토적인 정서를 느낀 것은 적절한 마음의 양식이 되었다.

아직 우리 집의 식수는 수돗물을 끓여 먹는다. 커다란 스텐

주전자 한가득 담은 물에 몇 가지 마른 약재를 넣고 몸살이 나도록 끓인다. 긴 시간을 은근하게 우려낸 물을 식혀서 병병이 담아 놓고 시원하게 마시는 물은 어쩐지 여유 있어 보인다. 저장된 양식을 바라보는 것같이 담긴 물에서 느끼는 여유로움을 사람들은 얼마나 알고 있을까. 조급하게 돌아가는 세상에서 스스로 다스려 수양하는 마음가짐으로 조금씩 여유롭게 살아가는 법을 실천한다.

또 비가 오려나? 올해는 유난히 자주 만나게 되는 비다. 하늘이 고층 아파트 옥상에 걸터앉아 잔뜩 찌푸리며 내려다보고 있다. 습한 바람이 창문으로 스며들어 온다. 탁자 위 옹기그릇에 물을 부어 담가 놓은 음지식물이 살짝 몸을 흔든다. 햇살에서 퍼져 나오는 마른 바람보다 비를 품은 습한 바람이 더 반갑다는 인사인 것 같다.

나도 비가 오는 날은 그저 선물을 얻는 것처럼 마음이 비워지고 가벼워진다. 여름 기운도 비워진 마음을 채워 줄 우물 같은 거니까.


쉬어가는 바람


달아오르던 햇살들이

풀어헤친 습기 젖은 바람에
한 겹, 두 겹 주름을 쌓고
무거워진 지느러미로
느리게 흔들며 찾아온 여름을 맞았다.
하품 같았던 아스라한 뒤안길
깊고 어두운 내 안에서
피부의 바깥으로 스미는 어둠들이
죽어 내리던 풀잎의 설움이 쌓여
울음 멈춘 새 떼의 초라한 날갯짓에 매달린 채
흩어지는 서녘 풀의 힘 잃은 몸짓
눈물을 훔친다.
타인들과의 삶 속에
헛되지 않은 참모습이고자
무수히 자신을 괴롭히다
꽃잎이 작은 바람에 그렇게 야위어 가고 있음을
바람이 쉬기 전에는 몰랐다.
애벌레 몸에 산고의 고통 뒤
하늘거리는 색색의 나비로 탄생하는
아슬한 생애를 즐기듯
내 삶은 이제 고치를 풀어야 하리.

# 비 오는 날

나무 뿌리째 뽑아 갈 듯이 힘을 실은 바람이 불었다. 나뭇잎이 어지럽게 흔들어대는 그 사이로 땅속 깊이 꽂힐 것 같은 세찬 비가 내리고 있었다. 세찬 바람과 함께 섞여 내리는 비에 흔들리는 우산이 가여워 두 손으로 꼭 움켜쥐게 된다.

빗물 속으로 번지는 웃음이 어두운 골목을 밝게 해주던 어느 젊은 날이었다. 갓 스물이 된 친구와 나는 세상에 두려움보다 호기심으로 꿈을 실으며 살아가고 있을 때였다. 앞으로 헤쳐 나가야 할 일들이 많았기에 현재 위치에 그리 만족하지 않을 나이였다. 친구와 만나서 함께 이야기 나누는 시간은 잠시나마 미래를 그려보는 희망의 징검다리였다.

그날도 제 모양을 다 갖추지 못한 하나의 우산 속에 겨우 머리만 가리고 우린 빗속을 걸었다. 큰 소리로 노래 부르며 고함 같은 웃음소리를 내어도 빗소리에 가릴 수 있었다. 걷어 올린 바짓가랑이 사이로도 웃음은 번지고 있었다. 세차게 내리는 비가 시름을 토해내듯 젊음 때문에 제약받는 우리의 시름도 함께 뱉어냈다. 젊음의 특권이라고 이름 붙이고 골목의 밤을 누비며 곪아가는 상처를 치료했다.

친구와 나는 같은 직장에서 근무하였다. 우리는 출근 시간보다 삼십 분 일찍 출근했다. 어쩌면 하루 중 그 시간이 가장 기다려지고 소중했다. 커피를 마시며 젊은 날에 어울리는 꿈들을 입으로 몇 번을 그렸다 지우곤 했다. 비 오는 날 퇴근 시간이면 부산의 명물 거리를 누볐다.

강 건너에선 푸른 신록이 눈부신데 우리가 서 있는 자리는 아직도 낙엽이 바스락거리고 있는 것 같았다. 그렇게 꿈과 목표를 향한 탑을 쌓고 허물기를 하며 심오한 갈등을 겪기도 했다. 상상만 하는 것은 현실 도피일 수 있겠지만 부딪혀 도전하는 용기가 우리에겐 있었기에 위로가 되었다.

살아가자면 여러 단계의 길을 걸어가야 한다. 자신들의 정체성을 찾기 위해 허우적거리며 사춘기를 통과하는 길, 자신보다 주변을 의식하고 책임감을 동반해서 걸어야 하는 결혼생활의 길이 있지만, 어느 것 하나 쉬운 것은 없다. 그래도 오랫동안 발자취를 부여잡고 있는 것은 어린 시절 비 오는 날에 친구와 함께 걷던 골목길이다.

그땐 미리 어른이 되기도 하고, 꿈을 성취한 당당한 모습의 자신을 그려보기도 했다. 때로는 사방의 어둠으로 주눅 들 때도 있었지만 멀리서 희미하게 비춰 주던 불빛이 있었다. 목표하는 지점을 향해 최선을 다했고, 시린 느낌이 이마를 스치고 지나도 도달점을 향해 걸어가는 과정이 굳세었기에 희망을 그리며 웃을 수 있었다. 그렇게 소녀의 풋풋함으로 삶을 고뇌하던 철없던 우리는 어느새 세월을 덤으로 건네받고 인생 후반의 여유로운 모습으로 삶의 체험을 되새기게 되었다. 그때의 고뇌와 인내가 빛을 발해 진솔한 삶을 살았나 보다. 열심히 살았노라고 서로에게 칭찬해 주며 격려한다. 어느덧 다 자란 자녀를 둔 흰머리 숫자 세는 세대가 되었다.

비가 오고 나면 다음 날 풀잎이 한결 싱그럽다. 나무 위의 새들도 비 내린 뒤에 더 청아하게 노래를 한다. 길을 걷다가 웅덩이에 한 번 빠지고 나면 다음엔 그 자리를 조심하게 되듯이 시련이나 경험을 통해서 자신을 일깨우고 반성하는 것이다.

하늘의 구름이 날씨에 따라 변하는 것을 느낄 때 조개 속의 속살을 헤집듯 속내를 털어내며 정을 쌓던 친구를 그리워하게 된다. 오랫동안 기다리던 반가운 손님처럼 비가 내려주기를 바라는 오늘 친구에게 전화해야겠다. 언제나처럼 우리들의 추억인 비 오는 날 골목길 이야기부터 안부가 시작되겠지.

## 언덕에서

오늘은 너의 향기를 맡았으면 좋겠다.
낡은 폐선 같은 영상이 되어버린 기억들
떨어진 우산 속에서도
'까르르' 번져나던 웃음과
걷어 올린 바짓가랑이 사이로
스며들던 젊음
맑았던 스물로 돌아가
습기가 돌에 스미는 날이면
그곳을 만난다.
회색으로 가려진 햇살은 힘을 잃고
화가 난 듯 눈을 감고 있는 하늘이
두 눈 가득 고여 있는 눈물 한 방울
언덕 위를 구른다.
오래된 앨범 속의 사진들이
가늘게 내리는 빗줄기, 줄기마다
꽃봉오리로 맺혀 향기를 머금는다.
그 향기가 있어 오늘은 쓸쓸하지 않겠지.

# 서영이

　　웃고 있는 사람은 왠지 친근감을 느끼게 된다. 더구나 아이가 그럴 때면 그 자체가 빛이 된다. 서영이는 고맙게도 나만 바라보면 웃음이 난다고 했다. 나는 그리 유머러스한 사람도 아닌데 나도 그 아이를 보면 마음이 편해져 절로 미소가 지어졌다. 사람이 기쁘거나 즐거울 때 감정의 표현으로 나타나는 반응이 웃음이다. 누구를 보며 미소 지어진다는 것은 서로에게 긍정적인 감정으로 통한다는 것 아닐까?

　서영이는 개그 표정을 지으며 현관문을 들어섰다. 나와 함께 한 글짓기 수업이 3여 년이 넘어가고 있을 때였다. 처음부터 그러진 않았지만 서로 편해지면서 점점 웃는 횟수가 늘어났다. 웃음을 가졌다는 것은 내면이 밝다는 말이 되기도 한다. 밝은 아이는 가족이나 주변 사람들에게서 풍부한 사랑을 받고 안정된 가정 속에서 생활하고 있다는 것을 느끼게 된다.

여러 아이를 만나면서 일찍이 파악하게 된 점이 있다. 그네들이 가지고 있는 표정에서 불만이나 만족의 척도가 보였다. 엄마의 강요에 마지못해 글쓰기를 하러 오는 아이들은 수업을 이어나가기가 쉽지 않다. 만들어 낸 미소를 지으며 분위기를 끌어가야 하기 때문이다. 그에 비해 서영이는 이야깃거리가 생기면 나를 빤히 쳐다보며 깔깔거리다가 결국 배를 움켜잡고 주저앉아버린다.

나만 보면 웃음이 나고 글쓰기 교실만 오면 즐거워진단다. 내가 그리 개그맨 같지도 않은데 말이다. 한바탕 실컷 까르륵거리고 나면 이어지는 수업은 더 열중해서 하게 된다. 잘 웃는 아이를 보면 마치 내가 아이를 무척이나 즐겁게 해주고 있는 것같이 느끼게 된다. 그런 서영이 앞에서는 밝은 표정을 지을 수밖에 없다. 웃음은 서로 감염시키며 행복하게 만들어 주는 것이 분명하다.

서영이의 영향 때문인지 거울 보는 횟수가 잦아졌다. 예쁘게 보이려고 거울을 보는 것이 아니라 내 얼굴에 웃음 자리가 얼마나 잡혀 있나 보게 된다. 웃음으로 감정을 표현하는 동물은 인간이 가장 가깝다. 많이 웃어서 주름이 잡힌다 해도 인간의 특권이다. 입을 옆으로 씩 늘리며 미소 지어 보았다. 입술이 파르르 떨리는 것이 진실 없는 거짓이 묻어났다. 역시 웃음은 진정한 감정이 담긴 표정인가 한다.

진실은 어디서도 통한다 했다. 웃음 요법으로 유방암을 이겨 낸 친구의 이야기가 생각났다. 유방암 진단을 받은 친구가 있었 다. 이 친구는 자신의 어머니도 유방암으로 사망했기 때문에 절 망과 두려움 속에서 수술받았다. 수술 뒤 후유증을 심하게 겪었 다. 여성으로서 가장 치명적인 신체 일부를 절개했기에 더욱 그 러했을 터이다. 상실감에 나날을 우울하게 지냈다. 그러던 중 절친한 친구가 병문안차 찾아왔다.

방문한 그녀는 평소에도 재미있는 이야기로 주변을 밝게 해 주었다. 그녀의 입담은 병실에 누워있는 환자도 웃음이 나 배꼽 을 쥐게 했다. 실컷 웃고 난 뒤 몸과 마음이 편안하다는 것을 느 낀 아픈 친구는 그때부터 자신 얼굴에 웃음 자리를 만들기 시작 했다. 한층 밝아진 그의 얼굴은 표정이 달라졌다. 웃음이 마음 의 치료제가 된 것이다. 지금 그 친구는 병환을 겪었던 흔적이 라곤 찾아볼 수 없을 만큼 밝은 표정으로 바뀌었다.

우리는 사람의 표정을 바꾸어 놓는 웃음을 아끼고 살아갈 때 가 많다. 친구를 보면서, 서영이를 만나면서 상대를 바라보며 미소가 얼마나 중요한지 깨닫게 되었다. 미소를 지으며 먼저 다 가가고 밝은 웃음으로 드리워진 표정 자리를 채워야겠다. 자신 의 이미지가 격상되는 웃음을 아낄 연유가 있을까.

신호대기를 하고 있을 때 차 안에서 횡단보도를 지나는 사람들의 표정을 보게 된다. 지나는 모든 사람이 몸을 바쁘게 움직일 뿐 웃으며 지나는 사람은 보기 어렵다. 짧은 시간에 건너야 하기에 그럴 것일 수 있겠으나 비장하리만큼 굳어 있는 표정이다. 나도 저 무리 속에 한 사람으로 지나다녔을 것을 생각하니 회의감이 들었다. 그것을 의식한 뒤로 나는 길을 걸어갈 때 누군가 나의 표정을 볼 수도 있겠다 싶어 애써 웃음 띤 얼굴이고자 신경을 쓰게 된다.

아마 이러한 것도 모두 서영이를 만나고부터 생긴 습관이 아닌가 싶다. 서영이 앞에 있으면 절로 밝게 미소 짓게 된다. 혹 가식적인 웃음이 될까 봐 얼굴 근육의 신경을 활발히 움직인다. 오늘도 서영이가 오는 날이다. 같은 소리인 초인종부터 경쾌하게 들린다. 하나라도 배우겠다며 찾아오는 서영이지만 밝은 바람을 몰고 들어와서 나에게 소탈한 웃음을 가르쳐주고 간다. 배가 아플 때까지, 눈물이 나올 때까지, 서영이와 나는 한 번씩 자지러지게 웃었다.

"우리는 행복하기 때문에 웃는 것이 아니고 웃기 때문에 행복하다."

이유 적절한 어느 명언가의 말이 살갑게 느껴진다.

# 동양자수 서양자수

　　오래된 거실 의자에 덮개를 만들어 씌우고 싶었다. 재봉틀을 찾아내고 그것에 필요한 도구를 찾느라 반짇고리를 열었다. 나의 결혼 나이만큼이나 된 반짇고리는 낡고 볼품이 없다. 손때가 묻어 세월이 더 깊어 보이는 반짇고리 안에는 바느질과 수를 놓는 데 필요한 모든 재료가 다 들어 있다.

　뒤적이는데 가지런히 정리되어 비닐에 말려 있는 실뭉치 두 개가 오늘따라 손길이 간다. 동양자수의 명주실과 서양자수의 인조견사를 감싸고 있는 퇴색된 비닐봉지가 낡은 울타리처럼 묵은 기억을 끌어안고 있었다. 이 실은 수폭에 면을 채우기보다 시간을 채우는 실이었음을 새삼 들추게 된다. 동양자수로 놓은 두 폭 가리개와 서양자수로 놓은 액자 앞에서 실뭉치를 들고 자수를 놓던 기억을 떠올린다.

골동 도자기라 불리는 두 폭짜리 가리개는 동양자수로 놓은 것이다. 본래는 여덟 폭의 병풍이었는데 미처 완성하지 못해 가리개로 만든 것이다. 전체적인 도안은 검정 공단 천이 바탕이 되고, 고려청자와 향로가 중간에 위치해 무게 중심을 이룬다. 윗부분에는 전서체가 문양으로 구성되어 사대부 가풍을 엿보는 듯하다. 아래쪽은 한자가 몇 줄 나열 되어 덕망 있는 선비의 학식이 느껴진다. 한 눈에도 엄중한 분위기가 느껴져 청색 도자기 백색 도자기의 가치를 높여준다.

색실로 놓은 튤립과 도라지꽃이 배경인 서양자수는 부드러운 옥스퍼드 천에 비슷한 도안 두 개를 세트로 만들어 나란히 벽에 걸려 있다. 하나의 도안에 여러 가지 꽃과 나비, 벌이 나는 모습은 대체로 자유로운 정원을 떠올리게 한다. 공간의 여유가 움직임도 자유롭게 하는 것인지 송이송이 꽃 주위를 날고 있는 나비를 바라보고 있자니 향기가 퍼져 날 것만 같다. 한껏 배를 부풀린 벌의 모습에서 풍요로움까지 느껴진다.

동양자수와 서양자수를 면밀히 살펴보면서 잠자던 나의 본능이 솟구쳐 세밀한 수법까지 눈앞에 떠오른다. 먼저 배웠던 서양자수는 중, 고등학교 가정 실습시간에 한 번쯤은 해 보았을 자수이지만 그때는 점수를 얻기 위해 형식적인 방법만을 사용했다. 훗날 수예를 직업으로 하게 되면서 동양자수와 서양자수에 은근히 예술적인 가치를 부여해서 비교하게 됐다. 두 자수를 작품성 있는 상품으로 내놓고 판매하기 위해서는 제대로 배워야 했다.

동양자수는 우선 정돈된 마음가짐부터 시작한다. 수를 놓기 위해 양쪽에 수 다리를 놓고 수틀을 걸친다. 팽팽하게 당겨진 수폭에 손가락 한 마디 정도 되는 바늘에 명주실을 끼워 한 땀씩 겹수로 칸을 메워야 한다. 마치 강줄기를 막아 댐을 설치하듯이 푸른 소나무 위에 고고하게 앉은 송학 한 마리를 다 표현하자면 대단한 인내심이 필요했다.

올 고운 명주실이 거친 손끝에 닿아 결이 풀어지지 않을까 노심초사하며 수틀 앞에 앉아서 고개를 숙이고 자분자분 수를 놓는 동안은 조선의 여염집 규수와 같은 마음가짐이었으리. 정갈한 자세로 앉아서 오른손은 위에서 왼손은 아래서 바늘을 내리고 받아 올리는 신기한 행동은 나를 시간과 공간 사이를 윤회하게 했다. 팽팽히 당겨진 천을 뚫으며 똑딱이며 바늘이 오르고 내리는 소리는 시대를 파악하기 힘든 고금의 경계에서 선율로 다가왔다.

서양자수는 둥근 수틀에 도안 천을 끼운다. 양손 모두를 사용하는 동양자수와 달리 한 손으로도 가능하다. 그리고 몇 가지 정해진 수법이 있어서 적절하게 활용하며 홀수로 놓기도 한다. 섬세함이 덜한 서양자수여서 정신일도에서 조금은 자유로워 정색한 품위를 부리지 않아도 모양새가 흐트러지지 않는다. 인조견사의 굵기는 명주실보다 굵어 면이 가볍게 채워진다.

두 자수가 완성되었을 때 모래와 자갈을 구분하듯이 마감하는 부분도 차이가 있다. 동양자수는 부드러운 비단 천이라 수틀을 뜯기 전에 뒷면에 김 쐬기를 하고, 풀칠한다. 완전히 딱딱하게 말려졌을 때 뜯어내야 수폭이 울지 않기 때문이다. 그다음 작업은 수사보다 표구사가 마무리해야 한다. 문양이 흐트러지지 않게 수폭 뒤쪽에 한지를 붙여 배접을 한 다음 가장자리에 비단 천을 붙여 한 폭 한 폭 병풍으로 연결한다. 장인의 혼이 깃들어 어쩌면 수의 완성도보다 표구를 완성했을 때의 전통미가 한결 더 살아나 명품다운 가치를 높인다.

그에 반해 서양자수는 뒷마무리가 단조로운 편이다. 둥근 수틀을 부분으로 옮겨가면서 놓기 때문에 전체적인 문양이 흐트러진다는 염려는 없다. 천도 면이나 마직물이라 비단보다는 두께가 느껴져 조심성이 덜하다. 일상 생활용품에도 활용되는 것을 쉽게 찾아볼 수 있는 것이 그 연유가 아닌가 싶다. 액자나 작품으로 마무리하는 것도 표구사가 아닌 일반 수예점에서도 할 수 있어 대중적인 부분이 있다. 소박해 보여도 꽃과 나비가 있는 배경은 물살이 흐르고 있는 강을 보고 있는 듯 유속이 느껴진다.

두 자수를 배우지 않았다면 무엇이 이 세상의 거름이고 숲인지 알지 못했으리라. 동양자수를 배우면서 작은 칸을 메워가는 정교함과 전통자수를 놓을 수 있다는 자부심으로 최고의 수사가 되고 싶은 꿈을 꾸기도 했다. 긴 시간을 집중해서 정성을 쏟으며 한 땀의 흐트러짐도 허락하지 않는 병풍 수를 놓으면서 제 몸을 녹여내어 눈물이 되는 곰국의 진정함을 알게 되었지 싶다. 한 올의 실을 바늘에 꿰어서 활짝 핀 매화꽃을 놓고 자잘한 학의 깃털도 한 땀씩 놓아 살아 있는 한 마리의 학을 완성하는 과정은 몇 년 동안 두엄이 숙성되어 거름이 되는 과정이었다. 오래 숙성되어야 더 감칠맛이 나는 저장 음식처럼 색색의 배합과 정교한 수 땀으로 완성도를 높여야 진가를 발휘할 수 있다.

서양자수는 짧은 시간 안에 도안을 메워 나갈 수 있어 수다를 떨어가며 수를 놓았다. 조금은 흐트러져도 되고 여유를 부려도 되는 것이 동양자수를 놓을 때의 긴장을 덜어 주기도 했다. 명주실보다는 굵은 실이 한 땀 간격도 넓어 꽃 한 송이를 완성하는 데 짧은 시간이면 되었다. 새틴 스티치, 체인 스티치, 버튼홀 스티치, 아웃라인 스티치 등 기법들을 쉽게 배우고 이른 시간에 완성할 수 있어 많은 사람이 즐겨 하는 자수이기도 하다.

수를 놓는다는 것은 같은데 동양자수, 서양자수라고 명명한 이유가 뭘까 생각해 보았다. 우선 동양자수는 도안과 문양이 동양적인 그림으로 섬세하고 동양 특유의 우아한 표현을 많이 한다. 서양자수는 프랑스자수라고 불리고 동양에서만 서양자수라 하는데 면직물과 마직물에 나염이 된 그림 위에 수를 놓고 문양도 반추상적인 것이 많다. 그래서 처음 보았을 때 확연히 느낌의 차이가 있다. 그렇지만 집의 분위기를 채워 주는 것은 똑같다. 그리고 손끝에서 나오는 재간으로 완성된다는 것이 공통점이다.

세월이 유구해도 그대로인 두 작품을 보면서 인품 있는 여인이 되어 보기도 하고 자유분방한 서양 여인이 되어 보기도 했던 그때가 오롯이 되살아난다. 고려의 역사가 담긴 도자기를 순수 전통 기법으로 수를 놓아 그 형태를 완성할 수 있는 재능을 배울 수 있어서 감사하게 생각된다. 그와 더불어 한 송이의 꽃과 한 마리의 나비를 나타내고 싶은 대로 추상적인 표현을 할 수 있는 자유로움이 있는 것 또한 감사하다.

이러한 취미를 내 것으로 습득하면서 또 다른 자산을 축적했다. 거름이 썩어 기름진 숲이 되듯이 수를 놓는 과정은 살뜰한 거름이 되었다. 지금까지 내가 의욕이 식지 않게 충전시키는 자양분이 되었다.